ठण्ठ की तपन

BOOKS CLINIC

India's Fastest Growing Self Publishing House

Booksclinic Publishing

-----------------------------**Contact Us At**-----------------------------

Call or Whatapp @ 8965949968 or Mail @ publish@booksclinic.com

Website: - **www.booksclinic.com**

B.D. Complex, Near Tifra Over Bridge, Bilaspur, Chhattisgarh, India, 495001

Publisher: Booksclinic Publishing
Edition: First
ISBN: 978-93-90871-18-6

Genre: Fiction

ठण्ठ की तपन

सतीश बब्बा

अनुक्रमणिका

व्यंग्य– आनलाइन

काम बेशुमार है, नई नई सरकार है, बाजार में कोरोना बीमार है। कोई ताज्जुब थोड़ी न है।

झुकी कमर के दीनू काका से मैंने पूछा, "काका, काकी कहाँ चली गई?"

दीनू काका ने कहा, "वह दूसरे वाले बेटे के हिस्से में है!"

"फिर तो आपसे मुलाकात न हो पाती होगी?" मैंने पूछ लिया। वो हंसकर बोले, "अजी कितने ना समझ हो, डिजिटल इंडिया है। देश बदल रहा है, तुम्हें नहीं पता हम आनलाईन हैं, आनलाईन मिलते हैं!"

फिर भी मैं अचम्भित था। सोचने लगा दीनू काका ठीक ही कहते हैं। अब राशन आनलाईन मिलता है, बिक्री खरीद आनलाईन खाद पानी, बीज सभी तो आनलाईन हैं।

और तो और किसान बेकार में भूखों मर रहे हैं। पी एम आनलाईन हैं। अब हड़ताल भी आनलाईन कर दीजिए क्या फर्क पड़ता है।

आन लाईन शादियाँ हो रही हैं। आन लाईन सुहाग रात हो रही है और आन लाईन गायें हो गई है।

किसानों के खेत भी आन लाईन हो गए, रजिस्ट्री भी आन लाईन हो रही है। गायें आन लाईन खेत चर रही हैं।

अभी कल ही सुधीर एक बच्चे को गोद में लेकर घूम रहे थे। मैं भी खिसनिपोर पूछ बैठा, "यह बच्चा किसका है।"

सुधीर ने हंसकर कहा, "यह मेरा बेटा हैं, और किसका होगा भाई! शादी आन लाईन हुई और बच्चा भी आन लाईन ही हुआ।"

में बिस्मथ था। तभी सुधीर ने कहा, "अब बच्चे आन लाईन की बहुत अच्छी सुविधा है!"

वाह क्या बात है! डिजिटल इंडिया है, अच्छे दिन ट्रेनों में लोड हो रहे हैं। क्या क्या नहीं हो सकता, बहनो एवं भाइयों।

तभी उधर से संपत चला आ रहा था। मैंने पूछा, "क्या हालचाल है, संपत भाई।"

संपत ने पीठ मेरी ओर कर दिया इस ठंड में भी फटी बनियान। और कहा, "ए सभी काम आन लाईन हैं। हमारे पेट के लिए खाना भी आन लाईन हो गया है। दौलत जिसके पास है आन लाईन पेट भरते हैं। और उन्हें निवाला तोड़ने की मेहनत नहीं करनी पड़ती। और हम गरीब, किसान तो पहले से ही आन लाईन हैं।

हमें भूखे ही सोना है आन लाईन और भूखे ही जाएगा है आन लाईन। खेत बेंच देते हैं आन लाईन और चैक का भोजन भी करते हैं आन लाईन।"

अब हम आन लाईन हैं। फिर गौशाला क्यों नहीं होंगे आन लाईन?

किसानों के खेत बो जाएंगे आन लाईन। किसान और बीज आन लाईन खेतों की रक्षा भी हो जाएगी आन लाईन।

खेतों की कटाई भी आन लाईन, और फसल बिक्री भी आन लाईन। खरीदारी भी आन लाईन।

किसानों के पैसे भी आन लाईन। सब कुछ है आन लाईन।

बूढ़े आन लाईन, बच्चे आन लाईन, जवान भी आन लाईन।

जन्म आन लाईन और मृत्यु भी आन लाईना अंत्येष्टि भी आन लाईन।

चलो बब्बा नाश्ता करते हैं आन लाईन।

मित्रता

अपने बचपन के मित्र को घर आया देखकर, मेरे खुशी का ठिकाना नहीं रहा. गले मिले कुछ गिले शिकवे, औपचारिक बातें हुई.

दिल चाह रहा था कि, इसे क्या खिला दूँ, परंतु असमर्थता, जब अपने खाने का कोई टाइम, ठिकाना नहीं है, फिर औरों के लिए कौन सी आशा करता!

यही सोच रहा था कि, मेरे मित्र ने कहा, "क्या सोच रहे हो, कृष्णा?"

कृष्णा मेरे बचपन का नाम था, उसने इस नाम से पुकारा तो, पता नहीं खुशी के थे या ग़म के आँखों से आँसू छलक आए.

"कुछ नहीं!" हड़बड़ाहट में मेरे मुह से निकल गया, मानो किसी ने चोरी पकड़ लिया हो.

उसने इधर उधर देखा, कोई नहीं था.

"उसने धीरे से कहा," यही सोच रहा है न कि, इसका स्वागत नहीं कर पा रहा. मुझे कुछ खिलाना चाहता है न! अरे पगले, मैं पेंशन पाता हूँ, इसलिए पैसों के रिश्ते से रिश्ता बचा है.

"तू खेती में जब तक काम करके खिलाया, तब तक तेरी सुनी जाती थी. भाभी अगर स्वस्थ होतीं, तो क्या मैं बिना कुछ खाए पिए जाता था क्या? अब आज मैं भी शहर लौट जाऊँगा."

और चुपके से मुझे हजार रूपये देकर बोला, "रख लो कभी काम देंगे!"

"भीगी पलकों से वह मुझसे बिदा होकर चला गया. वह मित्रता निभा गया था."

लघुकथा। "धन के लालची"

आज फिर बहुएं लड़ पड़ी। बड़ी कह रही है, "छोटी, आज तुम्हारी पारी है!"

और छोटी कह रही थी, "दीदी, मेरी नहीं तुम्हारी पारी है!"

आज फिर प्रताप को भूखे ही सोना पड़ा। अपनी सारी कमाई और जमीन का टुकड़ा भी बेटों की पढ़ाई और नौकरी में लगा दिया था। बहुएं आईं और बा पदो टुकड़े में बाट लिया गया।

प्रताप के सूखे शरीर को देखकर उसके जिगरी दोस्त रामू ने जानना चहा और प्रताप ने उससे कुछ भी नहीं चुराया।

रामू ने उसे एक तरकीब बता दिया।

प्रताप बहुओं बेटों की नजरें बचाकर नदी से कंकण बीनकर एक सन्दूक में रख कर उसमें ताला मारकर अपने कमरे में रख कर उसमें ताला जड़ दिया।

वह बहुओं की आहट पाकर उसे खोलता और खड़ खड़ की आवाज़ करता। चाभी वह अपने साथ ही रखता।

बहुएं चोरी छिपे संदूक उठाया, वजनी थी और कुछ खड़खड़ा रहा था।

आपस में खुसर पुसर हुई, "बुड्ढे के पास माल पानी है!"

अब प्रताप को नाश्ता पानी और भोजन मन मुताबिक मिलने लगा।

आखिर एक दिन प्रताप की मृत्यु हो गई।

बेटे चाभी लेकर बाँटने का मन किया।

रामू ने चाभी अपने हवाले करके कहा, "जल्दी क्या है अंतिम संस्कार कर दो फिर बाँट लेना, भागा तो नहीं जा रहा है!"

वो मान गए। चौदहवाँ दिन जब पेटी खोली गई तो सभी दंग रह गए।

सभी पछता रहे थे कि, "बुड्ढे की अंत्येष्टि में इतना समय बर्बाद हुआ और इतना खर्च की क्या आवश्यकता थी!"

रामू मन ही मन मुस्करा रहा था, उन धन के लालची औलाद पर!

गंधी सेना

देशाह वन के हरे भरे जंगल में दीप पर्व दीपावली की बड़े जोरों की तैयारी थी। चारों तरफ खुशबू फैलाने के लिए सुगंधित द्रव्य का छिड़काव हो रहा था। हरसिंगार ने पूरे वन में खुशबू बिखेरना शुरू कर दिया था।

पूरे जगंल में खुशी से भरा माहौल था।

पड़ोसी जंगल के राजा को यह खुशी रास नहीं आई। वह चाहता था कि, देशह वन की लक्ष्मी रूठ जाएं। उसने एक गुप्त मीटिंग बुलाई। और उसने अपनी गंधी सेना के कमांडो को आदेश दिया! कि, "पड़ोसी देशाह वन में दीप जलते ही, दीपावली की शाम तुम आक्रमण कर देना! वहाँ इतनी गंध फैला दो कि, वहाँ की खुशबू तुम्हारे गंध से छिप जाए!"

अब वहाँ की गंधी सेना प्रमुख ने अपनी तैयारी शुरू कर दिया।

देशाह वन के गुप्तचर हरसिंगार ने यह सूचना अपने राजा शेर सिंह शेर को दी!

यह खबर पाकर राजा शेर सिंह ने, एक गुप्त, आपात बैठक बुलाई। और अपनी छिपकली बटालियन, मेंढ़क बटालियन और साँप बटालियन प्रमुखों को आदेश दिया कि, "दुश्मन सेना के गंधी सैनिकों को तुरंत नष्ट करने के लिए तैयार रहें। और कोई भी दुश्मन सैनिक बचकर जाने न पाए!"

तभी साँप बटालियन प्रमुख, नागराज नाग ने खड़े होकर, हाथ जोड़कर कहा, "हम अगर जानवर बाहुल्य, देही इलाकों में जाएंगे तो वहाँ के जानवर डरकर हमें मार देंगे!"

तब राजा शेर सिंह शेर ने कहा, "तुम्हारी चिंता जायज है। तुम जानवर बाहुल्य इलाकों में चोरी, छुपकर जाना और दीप रात में जलेंगे, अपनी डयूटी सावधानी पूर्वक करना और हाँ, गुप्तचर हरसिंगार की रक्षा तुम्हें करना होगा ध्यान रहे!"

तब से दीपावली की रात तक जब भी दुश्मन के गंधी सेना का आक्रमण देशाह वन में होता है, तो देशाह वन की छिपकली बटालियन, मेंढक बटालियन और साँप बटालियन दुश्मन सैनिक गंधी सेना को खत्म करने के लिए, दीपकों की रक्षा के लिए, दीपक के पास ही तैनात रहते हैं।

और फिर दुश्मन सेना को मारकर, अपने अपने बैरक में लौट जाते हैं।

इंसान

फुदकती थी, इठलाती थी, दुलार करती थी, माँ के आगे पीछे। नन्हीं सी, बेजान, बे आवाज, माँ की दुलारी! तृण के लिए, मुँह फैला रही, पेट के लिए, नहीं तो वह भी! औरों की तरह, उड़ जाती, स्वच्छंद, गगन में! फिर भी वह, इंसानों, की तरह, तो नहीं है! वह नहीं करती, अपनी ही नस्ल से, दुश्मनी, नहीं जलाती घर! चिड़ियों से भी बदतर इंसान, अपनी ही नस्ल का, बन गया दुश्मन! बँट गया, जाति धर्म में, जलाते आशियाना, एक दूसरे का! बाँटते हैं, नपातें, नहीं बाँटते, प्यार वो!!

धारा 151

वह पुल के ऊपर से छलांग मारने ही वाला था कि, मेरी नजर उस पर गई। वह रेलिंग में चढ़ रहा था। मैंने उसका पैर पकड़ लिया, उसने जोर लगाया, मैंने भी अपनी पूरी ताकत लगा दी। वह मेरी ही तरफ सड़क पर गिर आया। थोड़ी, हल्की चोट उसको और मुझे भी लगी। सुबह का समय था। गौर से देखा, चेहरा कुछ देखा, पहचाना सा लगा। दिमाग पर जोर दिया, पड़ोसी गाँव का अभी यह कल ही तो, कलक्टरी में मिला था। कलेक्टर साहब ने प्रेमपूर्वक सुना था और उसकी अर्जी को थाने भेज दिया था। मैंने पूँछा– 'क्यों जान दे रहे हो?' उसने बताया, जहाँ मैं रहता हूँ, पूर्वजों का मेरा खेत है और घर भी। अब भी वह मेरे नाम ही दर्ज है और मेरे पास सभी नकलें और कागजात हैं। उसे जबरदस्त लोग जबरन ले रहे हैं, कई बार थाने गया, पटवारी से रोया तो मुझे भी धारा 151 के तहत बंद कर दिया गया। वो जबरन अनाज ले जा रहे हैं और अब घर से निकल जाने को कहा है। कलेक्टर साहब ने फिर थाने को लिखा है, धारा 151 फिर से लगेगा, मेरे पास जमानत करवाने के लिए पैसे नहीं हैं. अब मैं तंग हो गया हूँ, कोर्ट– कचहरी से, कोई नहीं सुन रहा है। बच्चों का प्रतिपालन नहीं कर पा रहा हूँ, कर्ज हो गया। इसलिए बार बार के धारा 151 से अच्छा है कि इस जीवन से ही छुटकारा ले लूँ। मैं, उसे देखता रह गया और उसे समझा– बुझाकर, वहाँ से सीधा उसके घर ले गया। उसने उसी दिन अपनी जमीन, घर औने पौने एक दबंग व्यक्ति को बेंचकर, गाँव से पलायन कर गया। शायद मेरे समझाने पर ही जीने की इच्छा से उसने ऐसा किया होगा।

दहेज

जब शादियों का मौसम आता है, तब या तो तेज धूप होती है, या फिर कड़ाके की ठंड। पानी का मौसम तो होता ही नहीं! अगर बारिश हुई और बादल गरजे तो शुभ नहीं मानते हैं। अगर बारिश हुई तो सीधा लांक्षन लड़की पर ही लगता है कि, लड़की ने कड़ाही में खाना खाया होगा।

इसी तरह पांडालों के बीच एक शादी झुमरू के घर हो रही थी। कोरोना का समय था, डी.जे. की बचत, रोड लाइट की बचत यानी की लाखों की रकम झुमरू ने बचाई थी। गिने–चुने बारातियों की चाँदी थी। पुजेर भाई तो बारात खाने के लिए ही जाते थे।

आखिर चार नाते–रिश्तेदार जुटे ही थे। रामप्रसाद की बिटिया सुनीता सुंदर के लड़के के लिए फिट हो सकती है। यह सोचकर कुछ बिचवानी करने वाले लग गये, गोटी फिट करने के लिए। वैसे भी सुनीता लाखों में नहीं करोड़ों में एक थी। सुंदर तीखे नयन–नक्श, बड़ी–बड़ी आँखें, जैसे ब्रह्मा ने फुरसत से बनाया हो।

वैसे सुंदर का बेटवा धर्मा भी कुछ कम नहीं था। गबरू जवान, पढ़ने में अब्बल, पढ़ाई पूरी कर चुका था, नौकरी मिलने के काफी चांस थे।

बात आगे बढ़ने लगी, लड़की और लड़के को वहीं औरतों ने मिला दिया। दोनों ने एक–दूसरे को पसंद किया। दोनों में कोई कमी नहीं थी, दोनों पढ़े–लिखे ग्रेजुएट और विचार भी मेल खा रहे थे। दोनों मनोनुकूल जीवन साथी पाने की आशा में बहुत खुश थे। किंतु कुछ लोग इस शादी से खुश नहीं थे। झब्बू तो सुनीता को अपने बेटे के लिए चुन रखा था। दबी जबान उसने रामप्रसाद से अपने दिल की बात कह दी।

उसने कहा, 'रामप्रसाद सुंदर के क्या है, जगह बेचकर धर्मा को पढ़ा दिया है। वह लड़की को क्या खिलाएगा?'

उसने अपनी तारीफ में कहा, 'हम पढ़ाए जरूर कम हैं, लेकिन प्रौपर्टी जमीन इतनी है कि सात पुश्तों की खाई न चुके। फिर मैं बयाना इक्यावन और तिलक डेढ़ लाख में शादी करने को तैयार हूँ।'

फिर भी रामप्रसाद ने लड़की का रूख देखकर सुंदर के यहाँ ही शादी करने का मन बनाया। वह अपने सगे रिश्तेदारों को लेकर एक दिन सुंदर के घर जा पहुँचा। बाहर से तो सुंदर का घर–बार अच्छा था। हाँ वह सीधा–साधा व्यक्ति था। उसके पास जमीन कुछ कम जरूर थी। लेकिन कारोबार, गृहस्थी किसी से कम नहीं थी। और जो जमीन थी उससे अच्छी पैदावार हो रही थी।

सुंदर पुराने जमाने का पढ़ा–लिखा नेक इंसान था। और बोलने बतियाने में अच्छा, समझदार था। वह लालची नहीं था। और उसका बेटवा धर्मा भी बहुत ही अच्छा था।

बातें आगे बढ़ीं सुंदर स्पष्टवादी, निश्छल इंसान था। वह रिश्ता, रिश्तेदार को खोखला करके नहीं करना चाहता था।

'क्या माँग–जाँच है आपकी?' रामप्रसाद ने सुंदर से खुलकर पूँछा।

सुंदर ने निश्छल भाव से कहा, 'कुछ भी नहीं, लड़की–लड़का एक–दूसरे को पसंद करते हैं, आपने जो मन बनाया हो दे दीजिएगा। हमारी माँग कुछ नहीं, लड़की है।'

रामप्रसाद ने कहा, 'घर में सलाह–मशविरा करके बताते हैं।' और रामप्रसाद अपने रिश्तेदारों के साथ वापस लौट आया। रास्ते में ही कहने लगा, 'साला, पता नहीं क्या समझता है कि, हम मूर्ख हैं। लगता है लड़के में कुछ कमी है या फिर साले के कुल में कुछ दाग होगा। वैसे झब्बू ठीक ही कह रहे थे, जगह–जमीन भी नहीं है। तभी तो किसी तरह शादी हो जाए बस यही चाहता है सुंदर। मैं अपनी बिटिया की शादी उसके बेटे से नहीं करूँगा।'

घर आकर यही फैसला हुआ। सुनीता बहुत दुःखी हुई, लेकिन बाप से मर्यादा नहीं तोड़ सकी। झब्बू के लड़के के साथ सुनीता ब्याह दी गई। कम पढ़ा–लिखा, आवारा, गंवारों की संगत में वह नशा भी कर रहा था। जमीन में क्या था, बेमौसमी बरसात और छुट्टा मवेशी, सुंदर फिर भी साल भर के लिए अनाज तैयार किया करता है, लेकिन झब्बू के साल नहीं पूजता था। सुनीता सूखकर लकड़ी हो गई है।

इधर कम पढ़ी–लिखी और गरीब की लड़की से धर्मा का भी विवाह हो गया था। और धर्मा की सरकारी नौकरी भी लग गयी थी।

गाँव जब भी पत्नी को साथ लेकर धर्मा आता उसके सरल स्वभाव की सभी प्रशंसा करते थे। वह किसी नवाब से कम नहीं लगता और उसकी बीबी अंग्रेजी मैम लगती थी।

रामप्रसाद जब भी सुंदर के गाँव जाता है, सब देख सुनकर बहुत ही पछताया करता है। अब क्या होता, 'अब पछताए होत क्या जब चिड़िया चुग गई खेत।'

शादी दहेज न दे पाने से टूटते सुना था, लोगों को दहेज का विरोध भी करते सुना है। आज लड़का पक्ष ने दहेज नहीं मांगा तो एक होनहार बेटी फिर से नरक यातना में जा चुकी है!

खुशी के आंसू

उस दिन मैं अपनी एक्टीवा से अपने गाँव के घर से शहर के घर की ओर जा रहा था। कोरोना के कारण अपने ही साधन से आना जाना हो पा रहा था।

कोरोना के कारण सभी नुमाइशें बंद थी। सादगीपूर्ण शादियाँ हो पा रही थी। रास्ते में रोड के किनारे ही, एक घर में काफी लोग इकत्रित थे। घर की सफाई सजावट से तो यहीं लगता था, जैसे बारात के लिए सजाया गया हो। लेकिन यहाँ मातम का सा सन्नाटा क्यों?

उत्सुकतावश मैं भी स्कूटी खड़ी कर दिया और घर के अंदर चला गया।

एक बूढ़ी औरत ने बताया कि, "बाप दहेज नहीं दे पाया तो दूल्हा के बाप ने बारात लाने से इनकार कर दिया इसलिए, बिटिया ने जहर खा लिया।"

अब मैं और अंदर गया और उस लड़की को अस्पताल लेकर गया।

डाक्टरों के काफी मेहनत के बाद उसे होश आया। लड़की अब जीना नहीं चाह रही थी।

मैं लड़की के पास बैठकर, उसे अपने मोबाइल से अपने बेटे की फोटो दिखाई और उससे कहा, "यह बेटा मेरा पोस्ट ग्रैजुएट है और एक अच्छी प्राइवेट जाब भी कर रहा है। उठ बेटी मैं तुझे अपनी बहू बनाऊँगा बिना दहेज के।"

उस लड़की ने मेरे पैर छू लिए और मैंने उसे अपनी बेटी की तरह सीने से लगा लिया। लड़की के पिता मेरे पैरों में गिरकर रो पड़े।

उस बेटी के साथ सभी परिजनों की आँखों में अब गम के नहीं, खुशी के आँसू थे।

ईश्वर के लेख

उसकी कराह अंतर्मन को झकझोर कर रख देती थी। पड़ौस में कोई इस कदर दुखी हो तो मन का विचलित होना लाजिमी है।

दिन में अनेक काम होते हैं, वह कट गया. फिर रात, रात में तो उसका करूण–क्रंदन सुनकर रहा नहीं गया और मैं उसके घर पहुँच गया।

वह जो किभी अपनी खूबसूरती के कारण लोगों के जवान दिलों की धड़कन हुआ करती थी, उसी का वह कुरूप चेहरा देखकर दिल मुंह को आ गया।

मैं सोचने लगा, 'यह वही पोल्ली है, जिसके हुस्न के चर्चे कभी हुआ करते थे।'

पोल्ली मेहनत भी खूब करती थी और युवा दिलों की मल्लिका भी हुआ करती थी।

मेरी आवाज सुनकर उसने मेरी तरफ देखा तो, उसकी आँखों से आँसू बह चले।

हमारे उसके पड़ौसी होने और उसके अच्छे स्वभाव की वजह से ताल्लुकात अच्छे थे।

उसे देखकर घिन आ रही थी। और बदबू भी!

पता नहीं कैसे उसे कैंसर हुआ और डॉक्टरों ने जवाब दे दिया। समय से जाँच नहीं हुई, गरीबी ने उसे इस पायदान तक पहुँचा दिया था।

मैं वहाँ अधिक देर तक ठहर तो नहीं पाया, फिर भी अपने आप को नहीं रोक पाया और बरबस ही मेरी आँखों से आँसू छलक आए।

मैं पोल्ली के पति से सिर्फ इतना ही कह पाया, "भाई ईश्वर के लेख को कौन टाल सकता है।"

एक क्रांतिकारी

वह रात्रि बड़ी डरावनी थी। अंधेरी रात झींगुरों की रीं रीं और दूर दूर तक मेंढ़कों की टर्र टों के शिवाय, कोई आवाज नहीं सुनाई दे रही थी। नदी का किनारा जुगुनुओं का झुंड, क्या गजब की भयावहता थी! डरावनी, जंगली जानवरों की आवाजें जब कभी दूर पहाड़ी पर गूँजतीं तब रोंगटे खड़े हो जाते थे।

अंग्रेजो भारत छोंड़ो का विपुल बज चुका था। साथियों से बिछुड़ा एक क्रांतिकारी नदी के सहारे अपनी मंजिल खोजने का प्रयास कर रहा था। रात भर का थका, अनजाने रास्तों से गुजरता वह एक छोटे से रेलवे स्टेशन के पास पहुँच गया।

भोर की धुंध छँटने लगी थी। उस छोटे से स्टेशन में, चारों तरफ अंग्रेजी सिपाहियों की बूटों की आवाजों से वह चौकन्ना हो गया। उसे कहीं भी छुपने की जगह नहीं दिखाई दी। आखिर वह वहाँ खड़ी मालगाड़ी के अधखुले डिब्बे में चढ़ गया।

'सावधान रहना, एक क्रांतिकारी बहुत ही खतरनाक है!' एक अंग्रेज आफिसर अपने सिपाहियों से कह रहा था। अब तक उसे पता चल चुका था कि, इसमें अंग्रेजी खजाना लदा है, जो क्रांतिकारियों की मिशन में था। वह समझ रहा था कि, ए सभी सिपाही खजाने की रक्षा के लिए तैनात हैं। उसने खतरे को भाँप लिया था। और आव देखा न ताव, अपने झोले में रखे विस्फोटक एवं बमो को निकाला और खजाने से भरी बोगी और अंग्रेजी सिपाहियों पर हमला कर दिया। और भारत माता की जय बोलकर मक़सद पूरा करने के बाद शहीद हो गया।

'वीरगति'

सन् 1962 का वह युद्ध, जिसमें हिंदी चीनी भाई भाई के नारों के बावजूद भी हिंदुस्तान की पीठ में चीन ने छूरा भोंका था।

अपनी जमीन, अस्मिता बचाने के लिए, भारत को भी युद्ध करना पड़ा था।

तब हमारे पास न असलहे थे, न ही गाड़ीयाँ।

दुश्मन हथियारों के बल पर हावी था।

भारतीय जवानों की टुकड़ी एक बार बुरी तरह से फँस गई, एक पहाड़ी के नीचे भारतीय सेना की गाड़ी बंद हो गई, रास्ता भी ठीक नहीं था।

दुश्मन सेना ऊपर से दो सैनिकों को मार दिया। जब भारतीय सैनिक गाड़ी को धक्का दे रहे थे।

तभी कर्नल पाण्डे को एक तरकीब सूझी और खुद घायल अवस्था में विपरीत दिशा की ओर चल दिया।

इधर सूबेदार सूरज सिंह, दुश्मनों को चकमा देते रहे और डटे रहे मोर्चा पर। भारत के जवान जब वीरगति को पाते और 'जय हिंद कहते' तब चीनी बहुत ही खुश होते थे।

तभी कर्नल पांडेय पीछे से पहाड़ी पर चढ़ने में कामयाब हो गए। अब भारत की चंद सैनिकों वाली टुकड़ी के सिपाही, दो दो चीनी सैनिकों को अपनी बाहों में उनके गला दबाकर जोर देते तो उनकी आँखें निकल आतीं, और चीनी 'चीं पीं' भी नहीं कह सके, भारतीय बड़ी फुर्ती के साथ इस कार्य को अंजाम दे रहे थे।

वे सभी दुश्मन सैनिकों को मार कर, भारत का तिरंगा लहराकर कर्नल खुद वीरगति को प्राप्त किया।

आज भी सारा देश उन वीरों पर गर्व करता है।

कहानी : सावन

सावन की रिमझिम फुहारें, वैसे भी कभी सुख पहुँचाती हैं, कभी सावन की उमस बहुत ही अकरास दायक होती है, जिनके पिया परदेश में है उनके लिए बहुत ही विरह दायक होता है यह सावन।

फिर गाँव की माटी पानी पाते ही, किसी को भी गिराने की दम रखती है। यह धान रोपाई का समय होता है, तिल, ज्वार, बाजरा बोने का समय होता है सावन का महीना!

सावन त्यौहारों से भरा–पूरा उल्लास का समय भी होता है। यह सावन आगर मनभावन, लोकलुभावन है, तो कष्ट कारक भी है।

वैसे भी सावन, क्वाँर, और चैत्र महीने बीमारी दायक भी कहे गए है। इस साल का सावन कोरोना के कारण और भी भय कारक बन गया है। जब लाकडाउन नहीं लगाना चाहिए तब लाक डाउन लगा और जब कोरोना जोरों पर हो रहा है, तब हफ्ते में दो दिन।

सरकार वैसे भी चाहती है कि, पब्लिक कम हो जाए।

कभी गाँव भाईचारे का प्रतीक हुआ करता था। और यहाँ तक कि, बहन बेटी की शादियाँ, दूसरे गाँव में नाई और पंडित, कोई भी सयाना तय कर देता तो माई बाप बड़ी खुशी से उनके कहने पर ही अपने बेटे, बेटी का विवाह वहीं कर देते थे।

पूरा गाँव एक परिवार की तरह रहते थे। एक दूसरे के सुख में सुख और दुख में दुख मानते थे।

भाईचारा अब खतम हो गया पिछले कुछ ही सालों से। जो शराब पहले चोरी छिपे शहरों से या गाँव में मिलती थी, वह अब गाँव के मुख्य जगह, चौराहे पर मिल रही है, खुले आम!

गाँव में इस कोरोना बीमारी के डर से और एक दूसरे की वयमनस्यता से अब सन्नाटा पसरा रहता है।

अगर आपको चहल पहल मिलेगी तो शराब ठेका के दुकान पर और जहाँ जूआ की फड़ लग रही है वहाँ।

पहले चौपालों में चौरा होता था. रामायण, विश्राम सागर पहले के कम पढ़े लिखे लोग, आस्था से विवेचन करते थे और श्रवण करते थे। बड़े छोटे का दायरा हुआ करता था जो अब खतम हो गया है।

कोई त्योहार जैसा त्यौहार लगता ही नहीं। फिर इस कोरोना काल के सावन में सभी खेतों पर ही काम करने चले जाते हैं। क्या पता किसके कहने पर किसे पकड़ ले जाएं। फिर हफ्तों जेल से भी बदतर जिंदगी क्वारंटीन में बिताने के लिए मजबूर हो जाए!

अब गाँव में दबी जबान से लोग कहने लगे है कि, मजबूत बिपक्ष का होना जरूरी है।

हल्की सी बूँदें और उमस के बाद भी एक नवयौवना गिरती, सँभालती चली जा रही थी।

खेतों में धान की रोपाई, और चहली के काम करते बेपरवाह, लफंगे उसे देखकर आहें भरने लगे, लेकिन वह अपनी धुन में चली जा रही थी।

कुछ यह कह रहे थे, उसके हाथ के थैले को देखकर की शायद पिता को खाना लेकर जा रही होगी, क्योंकि उसी गली में उसका भी खेत है।

उस करभोरू, सुनयना संतू का एक साफ रिकार्ड था, शांत और सभ्य बेटी!

रास्ते में एक नौजवान, गबरू जवान अपने खेत में, मेंड़ बाँध रहा था। उसका नाम विकास था। शरीर से ह्रष्टपुष्ट, शांत स्वभाव तथा मेहनत से माँ बाप, भाई का पेट भरता था और अच्छी गृहस्थी भी उसने बनाया था। वह किसी के आगे हाथ नहीं फैलाता था।

थोड़ी आमदनी में भी खुश रहता था। लोग उससे अंदर ही अंदर जलते थे। वह लोफड़ों से दूर अपने काम से काम रहता था।

संतू और विकास एक साथ खेले थे और गाँव के स्कूल में भी साथ साथ पढ़ते थे। संतू गाँव में आठवीं कक्षा पढ़कर पढ़ाई बंद कर दी थी। और विकास साइकिल से दूर कालेज में पढ़ने जाने लगा था।

संतू के बापू और विकास तथा विकास के घरवालों से घरू संबंध थे। जिसे गाँव वालों ने इधर उधर तिकड़ी से खेत की मेंड़ में लड़वा दिया था। जो अब एक दूसरे के दुश्मन बन गए थे। बोल–चाल सबकुछ बंद था।

संतू विकास के खेत के पास रूक गई। और काम करते विकास से कुछ कहा, और विकास उसके पास आ गया। दोनों वहीं मेंड़ में ही बैठ गए। संतू ने थैला खोला और विकास को अपने हाथ से कुछ खिलाने लगी।

यह देखकर पास के खेत वाले जल उठे। और वह लोग दो चार जन इकट्ठे हो गए। एक ने कहा, 'कितने निर्लज्ज हैं ये!'

और फिर संतू के बाप को उल्टा–सीधा पढ़ाकर लाठियों के साथ ले आये।

'मारो–मारो, स्साले को भागने न पाए!' सुनकर संतू ने आवाज की ओर देखा, उसे समझते देर नहीं लगी।

बापू को लाठी लेकर अपनी ओर लपकते देख, संतू ने विकास को ढाप लिया, अपने शरीर से। और जोर से ललकारा, 'खबरदार, अगर किसी ने मेरे भाई पर हाथ उठाया तो! मैं जान दे दूँगी, लेकिन आज, मैं रक्षा करूँगी, अपने भाई की!'

लोग थम गए, बाप का चेहरा तमतमाया देखकर संतो ने कहा, 'छि छि छि, कैसे बाप हो तुम, जो अपनी बेटी पर भरोसा नहीं है। तुम से ज्यादा ताकत है मेरे भाई की कलाई में जिसे मैं राखी बाँधती हूँ, कह दूँ तो यमराज से लड़ जाएं। मैं तो अपने भाई को सभी दिनों से राखी बाँधती आई हूँ, लानत है बापू तुम्हें!'

सभी कोई सन्न, संतू के बापू ने देखा, विकास की कलाई में वही राखी बँधी है जो संतू के मंगाने पर जिसे कल ही वह शहर से लाया था।

सभी को साँप सूँघ गया, और धीरे–धीरे खिसकने लगे।

संतू और विकास एक दूसरे से लिपट कर खूब फफक–फफक कर रो रहे थे।

संतू के बाप का सिर झुक गया। वह कुछ भी नहीं बोल सका। बस इतना ही कह सका, 'माफ कर देना बच्चो मुझे!' और लाठी को बोझ भर वनज की तरह लेकर लौट पड़ा, संतू का बाप। उसकी आँखें डबडबा आई थीं, वह पश्चाताप से जला जा रहा था।

संतू का बाप लौट गया। वह जानता है कि, 'मेरी बिटिया पूरी तरह से सुरक्षित है, अपने भाई के पास!'

'क्वारंटीन'

लाक डाउन का तीसरा चरण समाप्त होने वाला था। सूरज के शादी की लगन निश्चित थी। लड़की वाले तैयार थे।

सभी लोग सहमत हुए और सूरज अकेले बाइक से, लड़की मीना के घर पहुँच गया।

पंड़ित ने शादी करवा दिया। सूरज मीना को बाइक में बैठाकर अपने घर की ओर चल पड़ा।

उसका घर मीना के घर से दस–पंद्रह किलोमीटर दूर था।

रास्ते में पुलिस वालों ने रोका, वह अपना और मीना की आई डी दिखाना चाहा फिर भी कुछ नहीं सुने वे, सीधे एम्बुलेंस में पशुओं की तरह डालकर एक स्कूल में बंद कर दिए।

सूरज या मीना कुछ कहना भी चाहते तो जवाब डंडे से ही पाते, निगेटिव होने के बावजूद भी पेट के बल पड़ने के लिए मजबूर किया गया।

14 दिनों में बीमार हो गए थे। और रोकते तो वो मर ही जाते घबड़ा कर!

एक, दो मरे भी थे, भगवान की कृपा एक कोई बड़े आफिसर ने उनको छुड़वा दिया।

यह क्वारंटीन सूरज और मीना को ताउम्र याद रहेगा!

कहानी– "समय की मार"

जब मई महीने में आषाढ़ के बादलों की तरह बादल झूमे और घमघमा कर बरषने लगें, तब अटपटा लगेगा ही। महुआ के पेड़ों में लाल–लाल नवीन पत्तियाँ, जितना कुछ खिली धूप में अच्छी लगती थी, इन ठण्ड, घनघोर घटाओं में अटपटी लगेंगी ही! भोर चार बजे का समय आषाढ़ की तरह ही मेंढक मेंढकी शब्द कर रहे थे। न जाने इस कोरोना ने कितने शब्द दिए हैं और इस लाक डाउन में भयावह सन्नाटा, दिन में सन्नाटा।

स्वभावतः सुबह से भी आज पहले उठ गया और चल पड़ा बगीचे की ओर! आगे आगे एक मानव साया बहुत तेज गति से जा रहा था, पहाड़ की ओर! गाँव से कुछ ही दूरी पर एक बड़ा जंगल है। उसकी चाल बता रही थी कि, उसका लक्ष्य जंगल ही है। लाक डाउन, कोरोना के साथ, इन गरीबों के पास पेट भी है। काम भी जो लगा है, मुँह देखी का ब्योहार है। मैंने तो यही सोचा था कि, 'जरूर यह कोई आदिवासी ही हो सकता है। इनकी तो औरतें भी जंगल के लिए नहीं डरती हैं। उत्सुकता वश मैं कुछ दूर तक पीछा भी किया, ताकि जान जाऊँ कि, कौन है। फिर भी नहीं पहचान सका। न चाहते हुए भी एक प्रश्न कचोट रहा था कि, कौन हो सकता है? लाक डाउन में तेंदू पत्ता भी नहीं टूट रहा। वैसे भी अब पैसों की बेइमानी के कारण, कोई भी तेंदू पत्ता तोड़ने के लिए तैयार नहीं है। वह सख्स और तेजी पकड़ लिया था। धीरे–धीरे वह मेरी नजरों से ओझल हो गया। मैं कुछ देर तक वहीं रूका रहा। और फिर दिशा मैदान से फुरसत होकर में फिर उसी गली में आ गया। कुछ पदचापों की आवाज से मैं चौकन्ना हो गया। और वहीं खड़ा रहा। यह तो झल्लू, और झल्लू की घरवाली और जंगलिया, जंगलिया की घरवाली थे। साथ में लोहगड़ही काकी थी। जो जंगल लकड़ी लेने जा रहे थे। इनमें जंगलिया बहुत ही ईमानदार और हिम्मती कोल, आदिवासी था। मेरे पास आकर वो सभी पेलगी, प्रणाम किया। तब मैंने पूँछा, "जंगलिया, मैं तो यही जानता हूँ कि, तुमसे पहले कोई और जंगल की तरफ नहीं जा सकता। फिर वह कौन है जो अब तक जंगल पहुँच गया होगा।" मैं बहुत बिस्मित था, क्योंकि मैं जानता हूँ एक बार रीछ ने दद्दू को पकड़ लिया था और सभी डरकर भाग लिए थे। लेकिन जंगलिया रीछ से लड़कर उसे छुड़ा लिया था। जंगलिया

उदास हो गया। और कहने लगा, "मालिक, ऊ हमार किसनवा पंडित रामबहोर गए होइ हैं।" मैं विस्मित था। आखिर रामबहोर जान जोखिम मा कहे डारी। ओला वृष्टि से अनाज कम भवा है फिर भी खाने को तो होगा ही। आज लकड़ी के खरीदार भी तो नहीं हैं। अब तो घर घर गैस हैं। पहले डेढ़ सौ रूपए का बोझ सब का पूजत नहीं रहे। अब तो खोवा वाला व्यापार लाक डाउन के कारण बंद है। यह कोरोना, लाक डाउन गाँव, गरीब की हालत ऐसी–तैसी कर दी है। जंगलिया लोग जंगल चले गए और मैं अपने घर चला आया। मैं जंगल से लौटने का टाइम ताककर वहीं, उसी रास्ते में रामबहोर के आने की राह ताकता रहा। ठीक दोपहर पसीने से तर, रामबहोर बोझ भर लकड़ियाँ लेकर आ रहा था। उसे बिल्कुल भी अंदाजा नहीं था कि, इस दुपहरी में उसे कोई ताक रहा होगा। खुद्दार, रामबहोर मेरा बचपन का मित्र था। मैंने उसे रोक लिया। और वहीं महुआ की छाँव में बैठा लिया। वह प्रश्नवाचक निगाहों से मुझे देख रहा था। तब मैंने कहा, "किसी ने नहीं देखा, फिर तू कोई चोरी थोड़ी न कर रहा है।" मैं जानता हूँ, की रामबहोर के दोनों लड़के पूना से पैदल चल कर आए हैं। और दोनों पलस्त हो गए हैं थककर! उनको गाँव के बाहर स्कूल में रखा गया है। दो बहुएं दो पोते और तीन रिश्तेदार भी लाक डाउन में फँसे, रामबहोर के घर में ही रोटियाँ तोड़ रहे हैं। मेरे पास मात्र डेढ़ सौ रूपए थे। मैं जानता हूँ कि, यह ऐसे लेगा नहीं, जान दे देगा मगर शान नहीं जाने देगा। मैंने कहा, "आज की लकड़ी मुझे दे दो!" रामबहोर मुझसे लिपट कर रो पड़ा, "तुझसे किसने कहा रे, तू दोस्ती निभाने आ गया। अरे भाई, तुझे जरूरत है ऐसे ही फ्री में ले जा!" सिसकियों के बीच रामबहोर ने कहा। मैंने उसे समझाया और डेढ़ सौ दे दिया। उसने आँसू पोंछते हुए कहा, "तेरे पास इतने ही हैं न ! आँखा में छलक आए आँसुओं को पोछते हुए मैंने कहा, "जब जानता है, तो पूँछता क्यों है!" मैंने उसे समझाते हुए कहा, "देख बहोर, तेरी मेरी राज गई, फिर महामारी की आफत! हम किसानों को सभी ठगते हैं, अगर मंत्री, उद्योगपती के बेटे होते तो पैदल आते बच्चे क्या? हम किसानों की याद तो बस वोट के समय आती है, झूठ मूठ के वायदे किए बस!" मैंने डेढ़ सौ रूपए उसकी जेब में डाल दिया और लकड़ी उठा कर उससे कहा, "जाओ, घर जाओ मैं लकड़ी लेकर घर आ गया। मैं घर आकर रामबहोर की बातें याद करने लगा, उसने बताया था कि, 'प्रधानमंत्री किसान निधि वाला पैसा भी नहीं मिलता है। और राशन कार्ड से भी नाम कट गया है। बहुत बड़ी दिक्कत है कोई सुन भी नहीं रहा है।' मैं रामबहोर की मजबूरी समझ रहा था। मैंने इसीलिए लकड़ियाँ खरीदी

थी। आज का काम तो हो गया, कल का फिर भगवान ही मालिक है। मैं क्या कर सकता हूँ, इसी गहन सोच में मैं डूबने–उतराने लगा।

मैली धोती

बूढ़ी बाहों में आज धोती निचोड़ने की शक्ति नहीं थी. किसी तरह बूढ़े पति द्वार हैंडपंप से पानी निकाल दिये जाने के कारण बूढ़ी काया में 2 लोटा पानी डालकर नहा लिया था. वह धोती नहीं फींच सकी और थककर फिर से चारपाई में पौढ़ गई. बुढ़वा भी अब थक थक चुका था. सिर्फ बहू बेटों पर आश्रित थे दोनों बेटे बहू ने माँ की धोती को छुआ तक नहीं, बल्कि पत्नी के भाई के कपड़े धो डाले थे. फिर भी माँ की धोती नहीं धो सके थे. दूसरे दिन माँ को धोती पहननी थी, देखी तो, हैंडपंप के ठीहे में ही एक कोने पर धोती उसी तरह पड़ी थी.

माँ ने बेटे को बुलाया,–"सोनू ओ सोनू, देख न बेटा, कल जी नहीं चल रहा था और मेरी धो.....!"

"इतनी तो बेजार नहीं हो, देखती नहीं कितना काम है उसके लिए! झाड़ू पोंछा से लेकर खाना बनाने तक, फुरसत पाती है. तुम लोगों को काम धाम कुछ करना नहीं और ऊपर से, अरे तू थकी थी तो, पापा ही कर लेते." बीच में ही बेटे ने खरी खोटी सुना दिया.

बूढ़ी माँ पथरा कर रह गयी और बाप धम्म से जमीन में बैठ गया.

दोनों सोच रहे थे, 'इसी आशा को लेकर इसके लिए हमने रात दिन एक करके बेटे को पाला पोषा और शादी विवाह किया था.'

"सेठ जी"

कोरोना क्या आया, बहुतों की ऐसी–तैसी हो गई। कितने माँ बेटे दूर हो गए, कितने पति–पत्नी। लाक डाउन में जो जहाँ था, वहीं रह गया। अब हमारे पड़ोस के सेठ जी को ही ले लीजिए, बड़े उदार होकर, साले के साथ पत्नी को मायके भेज दिया था। और उसके दूसरे ही दिन इकीस दिनों का लाक डाउन हो गया। हमें क्या हम तो ठहरे पड़ोसी, बीबी उनकी है, चाहे जब भेजें चाहे जब बुलाएं।

वैसे उस दिन सेठ जी, सेठानी को भेजकर राहत की साँस ली थी। अब भला माजरा क्या है यह सेठ जी जानें!

इस समय कटाई गहाई का महीना था। अनाज तैयार होता और लोग–बाग सेठ जी की दुकान में खूब अच्छी– खासी भीड़ लगाते हैं और सौदा लेकर उनकी आमदनी बढ़ाते।

सेठ जी ने सोचा होगा कि, सेठानी बवाल है। अब चली गई है तो मैं, अपने मन मुताबिक फूल, भँवरा बनकर चूसूँगा।

बसंती बयार, फिर एक से एक तितलियाँ, फुलझड़ीयाँ सेठ जी की दुकान में आती थीं।

उनको भनक लग गयी थी कि, सेठानी मायके चली गई है। तब तो वो और, आशिक मिज़ाज सेठ जी के इर्दगिर्द मंडराने लगी थीं।

पहले तो सेठ जी को अच्छा लगता था कि, हम अच्छा खासा पड़ाव मार दिया और लाक डाउन तो बस यूँ आया और यूँ गया। क्योंकि जीवन में पहली बार उनका लाक डाउन से पाला पड़ा था।

सेठ जी ने सोचा था कि, मौका अच्छा है अबकी बसंती बहार में हम पड़ाव मार ही देंगे। लेकिन फुलझड़ियाँ भी कम न थीं, सिर्फ छुर छुर छुर करके जलतीं और सेठ जी को जलाने के शिवाय वे हाथ नहीं आतीं। अब लाक डाउन में सेठ जी की दुकान भी सिर्फ दो घंटे के लिए खुलती, उस टाइम भी फुलझडीयाँ आती और अपने काम बनाती और सेठ जी को ठेंगा दिखाकर, चलते बनती। वैसे भी मुंह में मुसका

और एक मीटर की दूरी बनाये रखना था। सेठ जी और करीब आने की कोशिश करते तो कोरोना का डर देकर फुर्र हो जाती। अब सेठ जी दुकान बंद करके घर के अंदर जाकर, बरतन, भाँड़ा करते और फिर सेठ जी थे और उनकी तनहाइयाँ! लाक डाउन में कोई किसी के घर भी नहीं आ जा रहा था। मैं भी तो घर में रहकर, कागज कलम की ऐसी–तैसी कर रहा था।

आज तो हद ही हो गई। जब डाकिया महोदय अपनी श्री मती जी को बाइक में बैठाकर लाए और बिगैर काम के ही सेठ जी की दुकान के सामने बाइक खड़ी किया और सौदा लेने के बहाने आ टपके।

मुआ हम भी कहाँ से वहाँ पहुँच गए। और डाकिया से पूछ बैठे,–– श्री मती जी को लेकर आए हो क्या?

डाकिया शायद इसी ताक में था। और सेठ जी की ओर कटाक्षपूर्ण शब्दों में कहा, क्या करें। अधिक दिनों तक कोई रह सकता है क्या?

डाकिया की ससुराल नजदीक महज 15 किलोमीटर की दूरी पर थी। और सेठ जी की 115 किलोमीटर की दूरी पर थी। जैसे, जले में नोन पड़ा हो, सेठ जी का चेहरा मैं गौर से पढ़ने लगा। डाकिया बाइक स्टार्ट की और पत्नी को बैठाकर चलता बना। सेठ जी के चेहरे पर आते जाते रंग से साफ स्पष्ट था कि, वे गुस्से में हैं। मैंने थोड़ी दूरी बनाने में ही उचित समझा। मैं ओट में था, मौका मिलते ही सेठ जी ने ससुराल को फोन लगाया। पता नहीं, लाईन में सरहज थी या, साला! वे जमकर फटकारते रहे, करीब 20 मिनट तक सेठ जी आग उगलते रहे!

उधर से शायद लाक डाउन की दुहाई देकर सेठ जी को और ताव दिलाकर मजे ले रहे थे। उनकी बातों से यही अंदाजा लगाया जा सकता था।

रोगी वैद्य होता है। हम सेठ जी की मनः स्थिति को समझ रहे थे।

वातावरण शांत हो गया था। मैं धीरे धीरे उनके काउन्टर की ओर बढ़ा।

सेठ जी के आँखों से झर झर आँसू बह रहे थे। आँखें लाला और चेहरा तमतमाया हुआ। मैं करूँ तो, क्या कहूँ, निर्णय नहीं कर पा रहा था।

आखिर हिम्मत करके मैंने कहा, सेठ जी, सब्र से काम लें। बस एक हफ्ते की बात है, फिर चलेंगे तो सेठानी जी को ले आएंगे। सेठ जी, मुझसे लिपट गए और किसी बिदा होती, पहली पठौनी वाली प्रेमिका की तरह, फूट फूट कर रो पड़े।

मैं क्या करूँ? कुछ समझ में नहीं आ रहा था। क्योंकि आशिक मिजाज सेठ जी को आशाएं दे दे कर हजारों का चूना मछलियाँ लगा गई थीं। और उनके जाल से फिसल गई थीं।

आशाओं में खूब उधारी सेठ जी ने बाँटी थी। राज श्री, श्री के साथ महँगा पान फ्री में बाँट दिए थे। मैं सोच रहा था कि, मेरी दी हुई सांत्वना मलहम का काम करेगी, लेकिन परिणाम उल्टा हो रहा था, वह लवण का काम कर रही थी। आखिर करते भी तो क्या करते? यह लाक डाउन कितनों को दूर दूर कर दिया है। अपना कोई वश नहीं है। कोरोना, लाक डाउन और मोदी जी को कोस कोस कर सेठ जी के भाव भरना चाहा, फिर भी उनके घाव और गहराते जा रहे थे। करूँ तो क्या करूँ! किस प्रकार सेठानी को सेठ जी से मिलाऊँ? यही सोच सोच कर मैं दुबला होता जा रहा हूँ। मैं अब यही कोशिश किए जा रहा हूँ कि, सेठ जी खुदकुशी न करें और सेठानी जी आ जाएं! इसीलिए आज मैंने रोज की अपेक्षा ज्यादा और जल्दी भरपेट खाकर व्रत कर रहा हूँ। शायद लाक डाउन उठ जाए। मुआ इस कोरोना ने, अकाल तो डाल दिया, हर एक चीज का!

'भँड़वा'

पता नहीं किसने इन शब्दों को बना डाला, वैसे भी मेरा गाँव दुनिया के हर आबाद इलाकों से अलग है.

इसी तरह भँड़वा को ही ले लीजिए. मेरे गाँव में भँड़वा शब्द बहुत प्रचलित है. वैसे लोग भँड़वा, भोंड़ा, और भाँड़ शब्दों से वाकिफ होंगे. उसी तरह भँड़वा शब्द भी बहुत महत्वपूर्ण है.

मैं तो अपने जीवन में, जिस तरह अपने गाँव कोबरा से प्रभावित हूँ, 'यथो नामः तथो गुणा!' बहुत ही महत्वपूर्ण है, मेरे गाँव के मैनेजमेंट. पर–पीड़ा को बहुत ही महत्व देते है.

लो जनाब! मैं कहाँ का रोना, कहाँ ले बैठा. लेकिन जरूरी भी है, जैसे, कोबरा का डसा पानी न मांगे वैसे ही, मेरे गाँव के लोगों का डसा तो, साँस ही न ले सके कोई।

खैर छोंड़ो, यहाँ भँड़वा की बात चल रही है–नाम का अर्थ तो बताना चाहूंगा, भड़ुआ, भँड़ाय न छोड़े, भाँड़ भी शायद इसी प्रजाति से निकालता है.

लेकिन भँड़वा भी शायद....। आप सभी निणय के लिए समक्ष है और स्वतंत्र भी, यह भी भड़ुवा प्रजाति का शब्द हो सकता है.

भँड़वा होना भी बहुत ही महत्वपर्णू है. अगर भँड़वा न होता तो कुछ भी न होता, यह शब्द मनुष्य की मनुष्यता से जुड़ा है. कहावत भी है. जहाँ चार भँड़वा होंगे भड़भड़ाएंगे जरूर।

वैसे फूल वाले भँड़वा को ज्यादा भड़भड़ाएंगे तो टूटने के चांस ज्यादा है. पीतल में भी यही लागू होता है और अलुमिनियम तुचक जाएगा बस! अब तो मनुष्यों ने बहुत ही मजबूत विकल्प निकाला है. स्टील के भँड़वा को चाहे जैसे भी करो, वे शोर तो जरूर करेंगे, लेकिन खतरा, रिश्क कम होता है.

मुझे तो कभी कभी भँड़वा से ईर्षा होने लगती है, जब भी यह शोर मचाते हैं गुस्सा आने लगती है.

वैसे भी अब फूल, पीतल वाले भँड़वा, शो रूम में ही शोभा बड़ा रहे है. सोने–चाँदी के तो सोनार या जिसके भी होंगे सुरक्षित ही रखते हैं.

रही स्टील के भँड़वा की तो इनसे अब जलन भी होती है. काश! मैं भी भँड़वा होता, पहले नदी, तालाबों में, बालू कंकण से कोमलांगी अपने कोमल हाथों से इन्हें सँवारती थीं, तब भी! और अब जब विम बार, वाशिंग पाउडर लगाकर अपने कोमल कोमल हाथों से, प्यार से सहलाया जाना वास्तव में सौभाग्यता का प्रतीक है, फिर भी इनको रास नहीं आता, अब लो जी इनके हिस्सा बाँट में भी कम ही दिक्कतें हैं.

एक सुन्दर सी जाली में, आलमारी में इनको करीने से सजाया जाता है इन भँड़वा की भाग्य रेखाएं, भडुआ और भाँड़ से ज्यादा अच्छी होती है, भँड़वा सदैव उन कोमल हाथों के सानिध्य में रहते है. जिनके लिए देवताओं के राजा इंद्र भी तरसते आए है.

सज्जनों मेरे पाठक साथियों। अब पाठक को आपलोग जाति वाला पाठक न समझ लेना, यह भी कि यहाँ जाति सूचक पाठक मत मानियो, यहाँ तो शब्दों का भी अंतर नहीं, फिर भी पाठक, उपाध्याय और पाठक गण में ब्योहारिक अंतर मान ही लेना. इसी तरह भँड़वा और भडुआ है. शादी के भ्रम में मत रहना। मैं तो आज ही एक भँड़वा के भाग्य को देख देखकर सोच रहा हूँ कि काश, "मैं भी भँड़वा होता और ए हाथ इसी तरह मेरे ऊपर मेहरबान होते।" मुझसे रहा नहीं गया और मैं उन हाथों की मालिक से जब यह कहा, तो वह शरमाती हुई अंदर चली गई, क्या यह मेरे लिए शुभ संकेत था? कुछ देर के लिए तो मैं वहाँ रखे भँड़वा को ठेंगा दिखाकर बल्लियों उछलने लगा था. मगर मेरी हेकड़ी और भाग्य दोनों तब भाग गए जब अंदर से एक पहलवान व्यक्ति के साथ वो निकलती दिखी।

मैं वहाँ से सिर पर पैंर रखकर नौ दो ग्यारह हुआ और आज तक भाग रहा हूँ घूम कर नहीं देखा, उधर!

गर्व

"मम्मी जरा सम....."

रवि अपना वाक्य पूरा भी न कर पाया था, कि उसकी मम्मी के भाषण में दुगनी बढ़ोत्तरी हो गयी।

मम्मी बोल पड़ी– "तू, अपने आपको समझता क्या है रे! इसमें ऐसा है ही क्या? क्या लाई हैं, अपने साथ? औरों की बहुओं को देख, जो अपने साथ बड़े–बड़े हांढ़े लेकर आई हैं, वह तो इतनी सरचढ़ी नहीं हैं जितना तूने इसे कर रखा है।"

और न जाने मां क्या–क्या कहती, कि रवि अपनी अपनी पत्नी शोभा को लेकर अपने कमरे में चला गया।

शोभा कहने लगी–"मैं अपनी जान दे दूंगी जिससे तुम अपनी मम्मी को दहेज वाली...." और वह फूट–फूट कर रो पड़ी, रवि के वक्षस्थल में सर छुपाकर!

तरीका

सेठ मूलचन्द करीब हाँफता सा आकर मेरे सामने खड़ा हो गया। मैं किताब से ध्यान हटा प्रश्नवाचक निगाहों से उसकी ओर देखने लगा, वह कुछ देर तक मूक रहा फिर बोला,– "बाबू जी–बाबू जी......।"

कहिये क्या बात है? मैं उसे अटकते देख बोला "बाबू जी कुछ पैसे चाहिये।" क्यों? मैं बिस्मित था।

"वह लड़के वालों को देना है।" तुम्हारी लड़की की शादी तो सम्मेलन में होनी थी? हाँ वह तो मात्र दिखावा है, हम व्यौहारियों को भोग नहीं दे पाते, इसलिये हमें और पैसे लड़के वालों को देने पड़ते हैं और तय दहेज की रकम एडवांस देनी पड़ती है।

"यह शादी पूरे बहत्तर हजार में तय हुई है।" मैं चौंक गया–"कहाँ पाओगे इतनी रकम?" मैंने लड़की के मां के सारे जेवर बेंच दिये हैं, और वह बाहर वाला मकान भी। आठ हजार घट रहे हैं, पांच सौ सम्मेलन में जमा करना होगा, उसका चेहरा पीला पड़ता जा रहा था।

सहसा मेरे जुबान से निकल गया– "कानून से बचने के लिये न जाने लोग कैसे–कैसे तरीके निकाल लेते हैं" और यंत्र सा खड़ा हुआ, पड़ोसी के नाते उसकी कुछ मदद करने के लिये।

भाग्यफल

रूपनगर के राजा रूपचन्द्र को अपने धन, ऐश्वर्य का बहुत गुमान था। वे अपने कर्मचारियों परिवारजनों के बारे में सदा यही गर्व करते कि वे मेरे ही भाग्य के भरोसे जी रहे हैं। उनके तीन पुत्रियाँ और एक पुत्र था।

एक दिन राजा ने सोचा, देखूँ मेरे परिवारजन मेरे बारे में 'क्या सोचते हैं?

उन्होंने पुत्र को और बड़ी बेटी को अपने पास बुलवाया और पूछा, तुम लोग किसके भाग्य का खाते और ऐश करते हो?

दोनों ने एक स्वर में कहा, पिताजी, आपके भाग्य और कृपा से खाते हैं।

एक दिन रूपचन्द्र ने यही प्रश्न मझली लड़की से किया, उसने भी वही उत्तर दिया–पिताजी आपके भाग्य से खाते हैं।

राजा प्रसन्न हो गया उन पर।

समय बीतता गया। एक दिन राजा रूपचन्द्र ने अपनी छोटी लड़की से वही प्रश्न किया, तुम किसके भाग्य से खाती हो?

छोटी लड़की कुसुम ने बड़ी शालीनता, सभ्यता से उत्तर दिया–पिताजी, मैं अपने भाग्य और ईश्वर की कृपा से खाती और जीती हूँ।

राजा को इस उत्तर की आशा नहीं थी। वह बहुत क्रोध हुआ। उसने इस बात की गाँठ बाँध ली।

उन दिनों शादी के सम्बन्ध स्वयं नहीं बनाये जाते थे। रूपचन्द्र की संतानें शादी योग्य हो गई थी। उसने नाऊ और पंडित को बुलाकर वर की खोज में भेजना चाहा। मगर छोटी लड़की कुसुम की बात उसे अभी भी खटक रही थी। उसने हुकम दिया कि ध्यान रहे बड़ी दो लड़कियों को किसी बड़े राजा के घर के राजकुमार देखना और कुसुम

की शादी उस घर में करना जिस घर में एक दिन को भी खाने को ना हो। हमारी आज्ञा का उल्लंघन किसी भी कीमत पर नहीं होना चाहिए।

वही हुआ जो राजा ने हिदायत दी थी। कुसुम की शादी एक ऐसे ही नौजवान से करा दी, जो अकेला ही रहता था। हर दिन लकड़ियाँ जंगल से लाता और उन्हें बेचकर भोजन जुटाता। उस जवान ने सोचा–चलो राजा कुछ तो देगा ही।

आखिर नियत समय पर शादी हो गयी। बड़ी बेटियाँ दहेज से लदी अपने–अपने घर गयीं और छोटी लड़की भी विदा होकर अपने पति के संग ससुराल आयी। वह जवान अपने झोपड़ीनुमा घर में राजा की फूल–सी बेटी को बिठाने में संकोच महसूस कर रहा था, जिसे कुसुम अच्छी तरह समझ रही थी।

जैसे–तैसे रात कटी। सवेरा हुआ। जवान ने कुल्हाड़ी पत्थर में रगड़ना शुरू किया। कुसुम जान गयी, पति मेरे आलसी नहीं, मेहनती है। उसने प्रेम से कहा–कहाँ चल दिए आप?

बुझे मन से किसी अपराधी सा उसने उत्तर दिया–घर में खाने को कुछ नहीं है, दो जनों का इन्तजाम करना है लकड़ियाँ....वाक्य पूरा नहीं हुआ कि दर्द को पीकर कुसुम खिलखिलाकर हँस पड़ी। फिर बोली, आज जंगल नहीं जाना, ये लो उसने गले से मंगलसूत्र उतारा, ले जाओ इसे बेचकर पन्द्रह दिनों का राशन लाना और बाकी पैसे मुझे लौटा देना।

उसने वैसा ही किया। दूसरे दिन कुसुम ने एक फावड़ा मंगवाया। झोपड़ी की सीध में सामने पड़ी जमीन पर घर की नींव खोदने के लिए कहा। युवक मेहनती था। परन्तु उसने कहा, कुसुम जब यह पैसे भी खत्म हो जाएंगे तब.....

तुम चिन्ता ना करो, जो मैं कहती हूँ वह करते जाओ बस, भगवान का नाम लेकर।

तीन–चार दिनों में ही उसने काफी गहरी बड़ी सी नींव खोद डाली। फिर दूसरी नींव खोद ही रहा था कि कुछ खटका, फावड़ा अटका। उसने देखा, एक बड़ा–सा मटका और एक हौद मोहरों से भरे गड़े थे। उसने झट कुसुम को बुलाया। दोनों ने उसे झोपड़ी के अन्दर छिपाकर रख दिए। अब क्या था कारीगर बुलाए गए। कुसुम ने उन्हें अपने पिता के घर को दिखलाया और उससे भी सुन्दर महल बनवाया।

तभी अभिमानी, आलसी राजा रूपचन्द्र को अपने राज्य के कर्मचारियों ने कंगाल कर दिया। कर्ज देने वाले राजाओं ने उससे कर्ज वसूलने को उद्धत हुए। तभी उसने अपनी लड़कियों से सहायता माँगी परन्तु वे खुद आलसी थी भाग्य के सहारे जीती थी वे क्या मदद देती, वे तो स्वयं मदद चाहती थी।

फिर राजा रूपचन्द्र ने कुसुम की खबर मंगाई। नाऊ ने झोपड़ी की जगह महल देखा। तब सोचा हो सकता है उन्हें किसी ने वहाँ झोपड़ी से निकाल कर अपना महल बनवा लिया हो। तभी वह लौटने को हुआ कि एक नौकर ने आकर उनका हाथ थाम लिया। कहने लगा, चलो आपको मालकिन बुला रही है।

उन्होंने सोचा, मारे गए, बुरे फँसे।

जब वह महल के अन्दर गया तो भौचक्काह गया। कुसुम ने कुशल पूछी। पिताजी की हालत जानकर दुःखी हुई और कहा, पिताजी से कहना आलस्य अभिमान व ईर्ष्या त्याग दे, भगवान सुख देगा। हमारे पास इतना धन है फिर भी कार्य मेरे पति स्वयं ही देखते है और मेहनत करते है।

लौटकर संवाहकों ने राजा से पूरा हाल कह सुनाया। राजा का सिर झुक गया। उसने संकल्प किया कि वह भी अब पूरा कार्य स्वयं मेहनत से देखेगा। अभिमान नहीं करूँगा और कुसुम से स्वयं माफी माँगूगा।

इस प्रकार राजा भी मेहनत व श्रम के साथ फिर से खुशहाल हो गया।

कुछ देश उनकी राजधानियाँ व मुद्राएँ :–

देश	राजधानी	मुद्रा
भारत	नई दिल्ली	रूपया
चीन	बीजिंग	युआन
फ्रांस	पेरिस	फ्रैंक
जर्मनी	बर्लिन	ड्यूशमार्क
ईरान	तेहरान	रियाल
जापान	टोकियो	येन
रूस	मास्को	रूबल
आस्ट्रेलिया	केनबरा	डालर

कनाडा	ओटावा	डालर
इराक	बगदाद	दीनार
पाकिस्तान	इस्लामाबाद	रूपया

अनघटित

आज भईया दूज है. आज ही के दिन अनुराधा से उसका एक मात्र सहारा उसका भाई उससे बिछुड़ गया था. भईया जो उसके लिए यह कहकर उपहार लेने चले गये थे– "अनु तुम अपने प्यारे प्यारे हाथों से मिठाई खिलाना, पर रूको मैं अभी गया अभी आया" इसके बाद......एक आतंकित सड़क हादसा, उसकी जान ले बैठा. तबसे वह मौसी के पास रहने लगी.

आज घावों में ताजगी थी. न चाहते हुए भी उसकी आँखे डबडबा आई. वह खुद को अभागन समझ रही थी. तभी किसी ने दरवाजे पर दस्तक देकर उसका ध्यान भंग किया. कौन हो सकता है? यह जानने के लिए दरवाजा खोला, सामने अन्जान व्यक्ति को देख वह काँप सी उठी। मानो उसने किसी भूत वूत को देख लिया हो अंधेरे में। इसका कारण था, वह किसी से मिलती जुलती न थी। घर पर भी संयोग से कोई न था। उसकी मनोदशा भाँप कर बोला–

"बहन, मेरा नाम पद्रमेश है" मैं तुम्हें बहन बनाना चाहता हूँ। यदि तुम चाहो तो? मैं यहीं पड़ौस में रहता हूँ। मेरी कोई बहन नहीं है। तुम्हारा भाई और मैं अच्छे मित्र भी थे। उसे मैं अच्छी तरह जानता हूँ।......"

वह अन्जान व्यक्ति बोले जा रहा था। अनुराधा उसे एक टक देखे जा रही थी। मानों मन की मुराद मिल गई हो।

वृक्ष देवता

एक बार भयंकर सूखा पड़ा था। दूर–दूर तक इसका असर देखने को मिल रहा था, रीशू के गाँव में भी यही हाल था। उसके साथ खेलने वाली चिड़िया, गोरैया तक गाँव छोड़ चुकी थी और जिन्होंने गाँव घर के मोह में गाँव को नहीं छोड़ा था वे एक–एक बूँद पानी को तरस रहे थे। कुछ के प्राणान्त हो गए थे।

गाँव के ताल–पोखर सूख चुके थे और गाँव से लगे जंगल को अभय सिंह ने फारेस्ट वालो की मिलीभगत से कटवा डाला था। जो कुछ पेड़ बचे थे अब सूखने लगे थे। गाँव में आम के वृक्ष झुलस रहे थे, गाँव की प्राणदायिनी छोटी नदी जो सदा निर्मल जल लिए तेज धार में बहा करती थी। अब सूख चुकी थी। नदी का उद्गम इसी गाँव से लगी पहाड़ियों वाले जंगल से हुआ था। मुख्य स्त्रोत पर शीतल, स्वच्छ अगम जल भरा रहता था मगर वहां का भी कीनड़ तक सूख गया था।

रीशू को अच्छा पानी पीए हफ्तों बीत गए थे। गरम, खारा, कसैला पानी उसे नहीं भाता था। परन्तु जीने के लिए क्या करता? माँ का कहना मानकर बुझे मन से इसे ही पी लेता।

आज न मालूम रीशू को क्या सूझा कि वह चल पड़ा सूखी नदी के किनारे–किनारे जंगल की ओर। जो कभी घनघोर जंगल हुआ करता था, अब वहाँ कुछ झाड़ियाँ व एकाध कहीं बिरले टेढ़े–मेढ़े पेड़ मात्र शेष बचे थे। इनकी भी लोगों ने काफी दुर्दशा कर दी थी। रीशु वहाँ मीठे, ठंड़े पानी की तलाश में इधर–उधर भटकने लगा, जो उसे हमेशा इस नदी से मिलता था, स्वच्छ, शीतल जल।

रीशू वहाँ आ गया था। जहाँ नदी का उद्गम स्थल नजदीक ही था, थोड़ी ही दूरी पर। कभी वहाँ भी काफी घनघोर जंगल था। रीशू को कहीं–कहीं टेढ़े–मेढ़े भद्दे से पेड़ और झाड़ियाँ ही देखने को मिली थी। बाकी ऊसर मैदान और पहाड़ियों पर जंगल के नाम पर मोटे, बेतरतीब काले पत्थर जो हवा, पानी, धूप की मार से काले हो गए थे।

रीशू और आगे बढ़ा दो पहाड़ियों के बीच पत्थरों से पटा एक कुंड दिखाई पड़ा। दादी कहा करती थी कि इस नदी के स्त्रोत पर कोई

नहीं पहुँच पाता था क्योंकि वहाँ जंगल के राजा शेर का डेरा हुआ करता था। और फिर घनघोर अंधकारमय जंगल में अथाह जल से भरा कुंड, आखिरकार अपनी जान जोखिम में डालने कोई क्योंकर जाता।

दिन काफी बढ़ आया था। वह कुंड के पास पहुँच गया। कुंड के पास एक टेढ़ा बूढ़ा पेड़ और कुछ झाड़ियाँ थीं। शायद इस पेड़ की लकड़ियाँ किसी काम की न रही होगी इसीलिए यह कटने से बच गया था। रीशू कुंड में पत्थरों के सहारे कुछ दूर तक उतरा, परन्तु यह क्या पानी तो दूर वहाँ कीचड़ तक सूख चुका था। यही नदी की जड़ था और इसका स्त्रोत सूख गया था, पानी का कहीं निशान तक न था। चारों ओर सन्नाटा था। रीशू की प्यास बढ़ने लगी थी। उसकी आशा निराशा में बदल चुकी थी। होठों में पपड़ियाँ जम गयी थी। रीशू रूआँसा था, निराश रीशू उस टेढ़े पेड़ के नीचे छाया की ओर बैठ गया।

तभी उसकी निगाह झाड़ी से निकले एक खरगोश पर पड़ी। वह कभी कुंड में नीचे जाता कभी ऊपर आता। रीशू को लग रहा था कि पानी के अभाव में यह सुन्दर खरगोश भी मौत के मुँह में चला जाएगा।

चारों ओर सन्नाटा छाया हुआ था। लू चलने लगी थी। फिर भी जिस वृक्ष के नीचे रीशू बैठा था वह उसे पूरी शक्ति से ठंडी हवा व छाया देने की कोशिश कर रहा था। दूर–दूर तक आग की लपटो की तरह लू की थपेड़ों से ऐसी आँच आती थी कि मानो सारी प्रकृति ही जल जाएगी। रीशू काफी घबरा गया था, वह शिथिल पड़ने लगा था।

तभी पहाड़ से एक अट्ठहास सुनाई पड़ा। बड़ी ही गंभीर आवाज थी वह–अ ऽ ह ऽ ह ऽ...ऽ.....,

अरे, मनुष्य के बच्चे, तू देख रहा है न मेरी प्रजा, मेरे जीवो को तड़प–तड़प कर मरते, इन सभी का हत्यारा तू है तू सिर्फ तू। देखना इसी तरह तड़प–तड़पकर तुझे भी मरना होगा। मेरे यह जीव–जन्तु पेड़ पौधे सब तेरे ही काम के तो थे पर तूने सब कुछ नष्ट किया, अब भोग अपनी करनी का फल।

रीशू बहुत ही घबरा गया था। वह अब अपने प्राणों का अन्त देख रहा था। उसने पेड़ को कसकर पकड़ लिया। उसकी आवाज नहीं निकल रही थी।

उसकी इस हालत से पेड़ को दया आ गयी। पेड़ रीशू से बहुत ही प्रेम से बोला– ऐ अबोध बालक, तु मत घबरा। मैं तुझे मरने नहीं दूँगा। हम पेड़ तुम मनुष्यों की तरह कठोर ह्रदय नहीं है। उठकर जाओ, उस सामने वाली झाड़ी से एक काटा ले आओ और चुभो दो मेरे तने में। मैं पाताल से पानी खीचकर तुझे पिला दूँगा।

रीशू को कुछ आस बंधी। वह झाड़ी से एक बड़ा–सा कांटा ले आया। फिर वृक्ष के तने में चुभो दिया। फिर क्या था चमत्कार हुआ और रीशू के देखते–देखते काँटे से होकर पानी की एक पतली धार बह चली।

रीशू ने पानी पिया, मीठा, ठंडा पानी। तबियत हरी हो गयी। रीशू वृक्ष से लिपटकर रो पड़ा। तभी पहाड़ी के बीच से पुनः आवाज गूँजी–देखा न वृक्ष दादा, मैं कहता था कि इस पर दया न करो यह अपने पुरखों की तरह ही मायावी है। यह फिर आयेगा और अपनी बनायी कुल्हाड़ी से तुम्हें काट डालेगा।

रीशू गिड़गिड़ाते हुए हाथ जोड़कर वृक्ष से बोला–नहीं वृक्ष दादा, मैं ऐसा नहीं करूँगा।

वृक्ष को दया आयी वह बोला–ऐ बालक तू क्या चाहता है?

म.....म.... मैं चाहता हूँ सारी मनुष्य जाति की जिन्दगी, कल्याण और पानी जिसमें हमारी यह प्राणदायिनी लघुसरिता पुनः वह चले शीतल जल लेकर। कल–कल करती हुई। रीशू हकलाते हुए करूण स्वर में बोला।

वृक्ष ने कहा–इसका उपाय है कि सारे मनुष्य शपथ ले कि हम कुल्हाड़ी नहीं चलाएंगे। हर नाल पेड़ लगाएंगे। फिर देखना यहाँ की हरियाली यहाँ की छटा। हम लकड़ियाँ जलाने को देंगे। जिसे तुम बीन सकते हो और मीठे फल, मीठा, पानी स्वच्छ हवा देंगे। कोई बीमार नहीं होगा। सभी स्वस्थ रहेंगे। गाये हरी घास चरेगी, मीटा दूध देगी तुम्हे पीने को। फिर जितना ही जंगल बढ़ेगा हरियाली बढ़ेगी उतना ही तुम और तुम्हारी खुशहाली बढ़ेगी।

पेड़ के कहने पर रीशू घर लौट आया उसके माता–पिता उसे ढूँढ़ रहे थे, उसे पाकर वे प्रसन्न हो गए। रीशू ने बापू से कहकर सभी गाँव वालों को इकट्ठा करवाया और सभी से वृक्ष देवता की बात बतायी।

गाँव के सभी लोगों ने कुल्हाड़ी न चलाने की शपथ ली। वृक्षारोपण का संकल्प लिया। पास के गाँवों में भी यह खबर फैला दी गयी।

जून 2003

रीशू ने गाँव वालों को ले जाकर उन से वृक्ष देवता की पूजा करवाई। देखते ही देखते आसमान में बादल घिर आए। सारा वातावरण ठुंडा हो गया, बूँदें पड़ने लगी, नथुनों में सोधी गंध टकराई, सभी प्रसन्न हो गए। देखते ही देखते चारों ओर पानी भरने लगा, वह छोटी नदी पुनः बह चली। रीशू की गोरैया लौट आयीं, कोयल, मोर, पपीहों ने गीत गाया।

आज सरजू काका के घर रामदीन की मंडली पुनः ढोल–मजीरे, हारमोनियम से कीर्तन करने बैठ गयी। सभी रीशू की प्रसन्नता का ध्यान रखते, वृक्षों की रखवाली करते और वृक्ष देवता की पूजा करते। पूरा गाँव खुशहाल था, उनकी जिंदगी जो बच गयी थी।

पिताजी, मैं इतना मोटा हूँ फिर भी मास्टर जी मुझे कक्षा में सबसे कमजोर बताते हैं।

परमार्थ से सुख

एक समय की बात है जब पार्वती जी शंकर जी को पाने के लिए घोर तपस्या से उन्हें प्रसन्न करना चाह रही थीं। वह अतिथि सेवा भी खूब करतीं। वे पिता द्वारा प्रदत्त सेविकाओं से सेवा न कराकर स्वयं अतिथियों की सेवा करती थीं। उन दिनों अतिथि सत्कार सर्वोत्तम संस्कार माना जाता था। शिवजी ने पार्वती जी की तपस्या देख उनकी परीक्षा लेनी चाही। उन्होंने सोचा, कहीं पार्वती मुझे प्राप्त करके स्वार्थसिद्ध करना तो नहीं चाह रहीं हैं, क्यों न उनके परस्वार्थ भावना की परीक्षा ली जाए? क्योंकि बिना परसेवा परस्वार्थ धर्म–के उनकी तपस्या बेकार होगी।

शिव जी ने एक वृद्ध साधू का वेश बनाया और जहाँ पार्वती तपस्या कर रही थीं वहीं पहुँचे। साधु को आया देख पार्वती जी ने उन्हें आदरपूर्वक बिठाया व उनसे भोजन करने की प्रार्थना की। परन्तु साधुवेष धारी शिवजी ने कहा–देवी। हम नहाना चाहते है। बाद में भोजन करेंगे।

पार्वती ने पास के सरोवर में साधू को स्नान के लिए भेज दिया। काफी देर हो गयी। साधु नहीं लौटे। तब पार्वती जी ने सखियों को पता करने के लिए भेजा। वहाँ जाकर सखियों ने देखा–साधु सरोवर में हैं और बार–बार निकलना चाह रहें हैं फिर भी निकल नहीं पा रहे। सखियों ने उन्हें निकालना चाहा मगर साधु ने मना कर दिया। बोले–मैं सिर्फ पार्वती से ही बाहर निकलूँगा। जब वह स्वयं अपना हाथ मुझे पकड़वाए तब उसी के हाथों को पकड़कर मैं बाहर निकलूँगा। अगर वह ऐसा न करेगी तो मैं चाहे मर जाऊँ बाहर नहीं निकलूँगा।

सखियों ने लौटकर सारी बातें पार्वती को बतायीं। पार्वती सोच में पड़ गयी। यदि भारतीय नारी एक बार किसी को अपना हाथ देती है तो वह सारी जिन्दगी फिर दूसरे की नहीं हो सकती।

अगर मैंने अपना हाथ पकड़कर उस साधू महाराज को बाहर नहीं निकाला तो साधु मर जाएंगे। पार्वती ने निश्चय किया कि 'मैं' तो शिव को अवश्य प्राप्त करूँगी। परन्तु इस जन्म में न सही, एक जन्म इन

साधु अतिथि देवता के लिए ही सही। इस जन्म में ऐसे ही, अगले जन्म में शंकर को प्राप्त करने का यत्न करूँगी।

पार्वती ने जाकर झट साधु को हाथ पकड़ाकर बाहर निकाल लिया। परन्तु तभी उसने देखा सामने हाथ पकड़े शिवजी कह रहे हैं–हम तुम्हारी परस्वार्थ भावना देखकर प्रसन्न हैं। तुम परीक्षा में खरी उतरीं। जाओ शादी की तैयारी करो। इतना कहकर शंकर जी अन्तर्धान हो गये। पार्वती की खुशी का ठिकाना ना रहा।

कहानी-पगली

मैं उन दिनों अपने घर से कोई ७० मील दूर एक छोटे से स्टेशन पर नियुक्त था. प्रत्येक सप्ताह के अंत में मैं घर जाता और कुछ घण्टे व्यतीत कर वापस लौट आता. ऐसी ही एक साल जब मैं घर से लौट रहा था तो कोई ३० मील दूर एक छोटे से कसबे में एक मित्र– से मिलने के लिए रूका. पर वह मित्र मिल न सका और मेरे लक्ष्य की ओर जाने बाकी अंतिम बस भी छूट गई. इस का अर्थ था, रात भर इस छोटे से कसबे में, जहां न मेरा कोई परिचित था, न ठहरने का कोई स्थान, मुझे लक्ष्यहीन प्रातः की प्रतीक्षा करनी थी.

दिसम्बर में बर्फीली रात थी, मन बहुय क्षुब्ध था, रहरह कर विचार उठना कि पूरी रात किस तरह बीतेगी. इस कसबे में कोई सिनेमाघर भी नहीं था, जहां कुछ समय बिता सकूँ स्वयं में सिमटा टाउनहाल के जीर्ण राजमार्ग पर भटकता रहा कुछ घण्टे बीत, फिर एक छोटे से ढाबे में जा बैठा और अपनी क्षुधा शांत की.

रात के नौ बज गए थे. मैं ने रेलवे स्टेशन की ओर जाने का विचार किया। जिन का कोई ठिकाना नहीं होता, उनकी रातें अकसर रेलवे स्टेशन पर ही तो बीतती हैं.

मैं विधामगृह की ओर चल पड़ा. वहां कुछ बेचों पर बिस्तर बिछाए और कुछ हाल की रेलिग के सहारे पढ़े थे. मैं स्वयं की कोसता, तीन चार कपड़ों में भी कापता हुआ कभी रेलिग के सहारे खड़ा होता, तो कभी अपने रक्त की एकाध बूँद किसी खटमल को पिलाने के लिए किसी बध पर जा बैठता. पूरी रात यही काम चलता रहा.

तभी एक कोने से कुछ लोगों की–फिकरे कसने की आवाज उभरी, कोई आठ–दस युवकों की भीड़ इकठ्ठी थी. मैं कुछ समय तक इन भद्र युवकों की अश्लील भाषा सुनता रहा. फिर न जाने क्यों, किसा बड़ी और उस ओर जाने की इच्छा हुई. आखिर मैं भी तो एक युवक ठहरा.

"बीड़ी पिएगी?" एक रंगीले से युवक ने अपने रंगीन दांत नकारत हुए पूछा पर कोई उत्तर न मिला.

"अरी ठंड में क्यों सिकुड़ता है? आ चल मैं ले चलूं." दूसरा युवक सम्भवतः पहले से अधिक दयालु था. कितु उत्तर इस बात भी नदारद.

मैं ने सोचा, शायद इस छोटे से समूह में ही कुछ समय कट जाए, इसलिए कुछ और नजदीक चला गया.

दो नेत्र क्षितिज के उस पार झांकत हुए, सुख और दुख की सीमा से परे, शांत चारो ओर अश्लील आवाजें और निर्लज वासनामयी लगभग २० आंखें.

मैं धारे से कुछ और निकट जा पहुंचा. अब मैं उसे अच्छी तरह देख सकता था, लगभग बोसपच्चीस की युवती, में बस फन गेहू का सा रग, धूल में लिपटे बिखरे केश और रक्तमयी आंख शरीर पर केवल एक मेली सी धोती लपेटे वह अधलेटी मुद्रा में पड़ी थी.

मैं ने अनायास अपने को देखा और एक ही पल में शरीर पर लदे वस्त्र गिन गया–बनियान, फिर कमीज, स्वेटर, कोट और उन· सब के ऊपर एक मोटा चैस्टर. इतने वस्त्रों में होते हुए भी मेरे लिए शीत सहन करना एक समस्या थी, और वह, जो कुछ ही दूरी पर अधलेटी पड़ी थी, उसके नेत्र बता रहे थे कि उस ने ठण्ड पर विजय पा ली है.

सहसा एक रेलवे वेंडर ने उस के निकट जा कर अपेक्षाकृत कुछ अधिक स्नेह से पूछा, "चाय पिएगी?"

वह जैसे घोर निद्रा से जाग उठो और दो एक भारीभरकम गालियों से उस ने उस चाय वेडर के प्रस्ताव का उत्तर दिया वेडर जैसे इस स्वागत के लिए तैयार न था– एकदम स्तब्ध सा रह गया और धीरे से नजरें बचा कर चला गया.

अब इदगिर्द मडराती आंखें छटने लगीं, शायद उनकी जिज्ञासा शांत, हो चुकी थी. जाते–जाते एक स्वर उभरा, 'पगली है बेचारी!' जो उस ने झट सुन लिया.

"हां, मैं पागल हूँ, पागल तुम भी पागल हो सब पागल है" और उस के बाद उसने अपने अंदर संजोई गालियों की पिटारी खोल दी.

मेरे लिए ऐसे वातावरण में एक पल भी रहना दूभर हो गया. इसलिए मैं कुछ दूरी पर रेलिंग का सहारा लेकर खड़ा हो गया. वह गाली देती रही. और जो इस स्थिति के अभ्यस्थ थे, सुनते रहे और धीरे–धीरे छंटते रहें.

और अब वह बिल्कुल अकेली थी.

मैं न जाने क्यों, रहरह कर उस ओर देख लेता. मुझे विश्वास था कि वह अपना मानसिक संतुलन खो चुकी है अश्य था दिसम्बर की रात में जबकि मैं इतने सारे कपड़ों में भी काँप रहा था, वह एक धोती में ऐसी लेटी या जैसे कोई दहकती हुई अगीठी उसके पास रखी हो.

सहसा वह उठी और कुछ दूरी पर लगे पानी के नल की ओर गई. वह झुक कर पानी पीने लगी. यहां मैं ने उस का एक और रूप देखा. उस के वक्ष से चिपका हुआ एक बच्चा था जो अब तक मैं न देख पाया था.

वह, जो शायद पगली थी, इस जानलेवा जाड़े में भी लगभग अधंनग्न थी. वह एक मां थी और उस ने एक कोमल शिशु को अपने वक्ष से चिपका कर इस दक्षता से बांध रखा था कि शिशु का सम्पूर्ण शरीर ढका था.

मैं ने सोचा, कुछ ही महीने पूर्व जन्मे इस कोमल शिशु का जीवन एक पगली के हाथों इतना सुरक्षित होते हुए भी कितना असुरक्षित है.

बार–बार मेरे सामने एक मासूम चेहरा उभर आता मैं सिहर उठता. विचारों को श्रृखला को दूसरा मोड़ देने के लिए मैं विश्राम गृह से बाहर निकला और निकट की एक छोटी सी चाय की दुकान पर जा बैठा. दुकान वाला ऊंध रहा था, मैं ने एक कप चाय मांगी और दहकती हुई अंगीठी के पास खड़ा रहा चाय बन रही थी. मेरा मन फिर उस पगली और उस के वृक्ष से बधे शिशु पर केन्द्रित हो गया, कई प्रश्न उभरे जिन का उत्तर मेरे पास नहीं था. सोचा क्यों न चाय वाले से ही उसके विषय में पूछू, फिर कुछ सोच कर चुप हो गया.

धीरे–धीरे चाय पीता रहा, मन में प्रश्न उभरते रहे, जिज्ञासाएं बढ़ती रहीं, आखिर एक विक्षिप्त नारी के हाथों में समाज ने या यह कहूं कि पुरूष जाति ने एक कोमल सा जीवन क्यों सौंपा? यहां जीवन कितना असुरक्षित था.

मैं सिगरेट के कश भरता रहा और हर प्रश्न धुएं में उड़ाता रहा. विश्रामगृह अपनी क्षमता से कहीं अधिक यात्रियों को समेटे था, ठीक उसी प्रकार वह माँ भी अपने शिशु को अपनी क्षमता से कहीं अधिक सुरक्षित ढंग से समेटे हुए थी. मैं धीरे–धीरे उस के निकट जा खड़ा हुआ.

वह अपने समीप के वातावरण से पूर्णतः अनभिज्ञ थी. बच्चा जाग चुका था और रो रहा था. बह न जाने कहाँ से इतना स्नेह चुरा लाई थी और उस की बौछार उस अबोध शिशु पर कर रही थी. अब उन रक्तमयी आँखों में वही वात्सल्य छलक रहा था, जो मैं अपनी माँ की आंखों में देखा करता था।

फिर वहीं प्रश्न उभरा, 'क्या वह पगली है?'

बच्चा रो रहा था. शायद वह भूखा था

वह उठी और एक कोने में चली गई. उस की मुद्राओं से स्पष्टा था कि वह शिशु को दूध पिला रही है.

मेरी जिज्ञासा बलवती होती गई, उस के विषय में कुछ जानूँ, किंतु एक झिझक थी जो रहरह कर रोक लेती थी मैं कितना विवश था

वह मुड़ी उस के मुरझाए चेहरे पर विवशतां के असंख्यक चिहन उभर आए थे, जिन्हें बल्ब की रोशनी में मैं ने भलीभांति देखा.

फिर वही प्रश्न उभरा, क्या यह पगली है? और यदि पगली है तो इस के चेहरे पर हर क्षण नए भाव किस प्रकार जन्म लेते हैं? हर प्रश्न का उत्तर होता है और हर उत्तर एक नए प्रश्न को जन्म देता है. मैं उलझता रहा।.

मैं ने पहली बार उस की आँखों की कठोरता देखी थी, फिर उन्हीं आंखों में वात्सल्प में उमडते टूफान और अब उन्हीं में विवशता के अनेक प्रतिबिंब, फिर क्यों ऐसा लगता था कि वह मानसिक संतुलन खो चुकी है?

शिशु बिर्लाबला रहा था, संभवतः ममतामयी माँ द्वारा सजोए दूध की कुछ बूंदें उसकी क्षुधा शांत करने के लिए पर्याप्त न थीं. एक फटे कम्ब के टुकड़े में उसे अपने वक्ष के साथ बांध वह विश्रामगृह में चक्कर काटती रही थी.

सहसा वह उस वेडर के पास रूकी, जिसने कुछ घण्टे पहले उससे चाय पीने के लिए कहा था और जिस के उत्तर में उसने गालियों का पिटारी खोल दी थी.

मैं भी ऐसे ही किसी अवसर की प्रतीक्षा में था. मैं भी उस वेंडर की चाय की चलती–फिरती दुकान पर जा पहुंचा, वह वेंडर से कह रही थी, "बच्चा भूखा है, ठण्ड से काँप रहा है थोड़ी सी चाय तो दे दो. "

"अभी कुछ देर पहले मैं ने तुझ चाय पीने के लिए कहा था. बदले में तू ने मुझे जहान भर की गालियां दे डाली और अब मुझ से ही चाय मांगने आई है?" वेंडर ने कहा

'मैं अपने लिए तो नहीं मांगती, इस सुअर ने तंग कर रखा है. इस के लिए थोड़ी सी दे दो, "एक विवश माँ ने विनय की.

'20 पैसे लगते हैं, पहले पैसे रख.'

'मेरे पास पैसे नहीं है.'

'तो मेरे पास चाय नहीं है.'

मैं पास खड़ा यह सब सुन रहा था अनायास ही मेरे मुंह से निकला, 'एक पाव दूध इसे दे दो और एक चाय मेरे लिए बनाओ पैसा मैं दूंगा.'

उस समय वह माँ थी' केवल एक माँ. उस ने मेरी ओर कुछ यों देखा जैसे मैं उस के दम तोड़ते बच्चे के लिए जीवन का संदेश ले कर आया हूँ.,

मैं भी उस की ओर देख रहा था और मेरे मन में फिर वही प्रश्न उभर आया, 'क्या वह पगली है?'

सहसा जैसे किसी ने जगा सा दिया, वह वेंडर से कह रही थी, 'यह बाबू एक पाव दूध का पैसा देता है, चार बार में पाव भर दूध लूंगी, इस बच्चे का सारा दिन ठीक निकल जाऐगा.'

क्या वह पगली है जो एक पाव दूध का इतना उचित उपयोग करना जानती है? मिट्टी के प्याले में थोड़ा सा दूध लेकर वह चलती

बनी और मैं सोचता ही रह गया कि उसे भी चाय का एक प्याला ले दूं. किन्तु उस के पास अपने विषय में सोचने का समय ही कहाँ था, या फिर शक्ति ही नहीं थी.

मैं चाय का गिलास हाथ में थामें वेंडर से पूछा, 'यह औरत कौन हैं?'

वेंडर के लिए शायद यह प्रश्न महत्वहीन था उस ने सहज भाव में उत्तर दिया, 'यह पगली है, कोई डेढ़ साल से यही पड़ी है.'

'और यह बच्चा?'

'यह भी इसी का है'

'पगली औरत का बच्चा? तो इस का पति कहाँ है?' आश्चर्य से मैं ने पूछा.

वेंडर मेरी जिज्ञासा देख कर विषय में रूचि लेने लगा बोला साहब इसका आदमी नहीं है यहां आने पहले से हो तो मालूम नहीं. यह तो न जाने कहां से स्टेशन हर आई थी. कोई डेढ़ साल हुआ, तब से यहीं पर रहती है. कोई तरम खा कर थोड़ा बहुत खाना दे देता है, कभी कोई रेलवे का बाबू फटापुराना कपड़ा दे देता है. यह पगली बस यही पड़ी रहती है. कभी कोई इसके बारे में पूछे तो गालियां देती है, मारने को दौड़ती है. आज तक इस ने अपने बारे में कुछ नहीं बताया.

'एक ओर उस युवती के विषय में और अधिक जानने को जिज्ञासा और दूसरी ओर कुछ समय बिताने का लोभ मैं ने एक गिलास चाय और माँगी और बात बढ़ाते हुऐ पूछा 'यह बच्चे के साथ ही आई थी यहाँ?'

वेंडर भी उस समय खाली था कोई ग्राहक नहीं था, बोला, 'नहीं साहब यह बच्चा तो चार–पांच महीने पहले यही पैदा हुआ"

मेरी उत्सुकता और बढ़ गई, मैं ने पूछा, 'जब वह डेढ़ साल से यही रहती है तो यह बच्चा'

मैं अपना वाक्य पूरा नहीं कर पाया था कि वेंडर मेरे प्रश्न का अर्थ समझते हुए बोला, 'नजाने किस बदमाश ने इसे हवस का शिकार बनाया और इस के पेट में यह पाप छोड़ गया, उसे यह ख्याल भी न

आया कि इस बेचारी पगली का आखिर क्या होगा आने वाली छोटी सी जान पर क्या बीतेगी? यह तो चमत्कार ही है कि बच्चे की देखभाल करते वक्त इस की सुध लौट आती है. वैसे एकदम पागल है, कुछ होश नहीं रहता इसे, 'फिर कुछ रूक क रवह लम्बी सांस छोड़ता हुआ बोला, "वह क्या जाने बच्चे का बाप कोन है!"

और और क्या जानना शेष था! मैं चाय का गिलास हाथ में थामे कुछ दूरी पर पड़े एक बेंच पर जा बैठा. बिना पिए ही चाय का गिलास मैं ने बेच के नीचे रख दिया. मेरा मस्तिष्क झनझना रहा था और मैं पुरूष जाति के इस अमानुषिक व्यवहार के कारण लज्जा अनुभव कर रहा था.

एक पुरूष एक क्षण के लिए पशु हुआ और एक स्त्री तथा एक अबोध शिशु के लिए सहसों समस्याए छोड़ गया. क्या यही है वह उत्थान जिस का आज प्रत्येक पुरूष गर्व के साथ बखान करता है? हम इतना ऊंचा उठे कि चांद तक जा पहुंचे किन्तु कितना नीचे गिरे कि–

ऐते ही असंख्य प्रश्नों के जाल में लिपटा मैं उस स्थान से भाग निकलने का अवसर खोज रहा था किन्तु रात अभी बाकी है और रात आज भी बाकी है जिस का सवेरा न जाने कब हो.

कई बार उस स्टेशन के सामने से गुजरा हूँ, एक भय है जो वहां उतरने से रोकता है.

न जाने पगली कहां है? उस का वह बच्चा कहां है? और कहां है वह 'भद्र पुरूष' जिस ने उसे जन्म दिया?

रहरह कर विचार उठता, कितना अच्छा हो यदि पुरूष इस दलदल से भी उभरे और एक ऐसे विश्व की स्थापना में योग दे जिस में एक पागल अबला का शरीर किसी पशु की क्षुधा शान्त करने के काम न आए और कोई ऐसी शिशु जन्म न ले जिसकी जननी पागल हो और जनक अनाम.

लघुकहानी-'कुलपूज'

अभी झगडू के घर के सामने पहुँचा ही था कि, किसी के गिंगियाने की आवाज सुनाई दी। मेरे पैर स्वतः ही रूक गए। तभी मेरे कानों से यह आवाज टकराई, – "तोहरे भरोसे रहत हैं, फिर या का होन लाग! तोहरा कछू परो–डरो है का?" तभी हुँकार सुनाई दी और मैं उसी घर के अंदर ना चाहते हुए भी खिंचता चला गया। घर के नाम पर वही एक छोटा सा घर और चारों तरफ से चाहारदीवारी से घिरा एक छोटा सा आगन।

काफी लोग इकत्रित थे. औरत–मर्द!

एक साल भर के बच्चे को अपने पड़ोसी नन्दू के सामने ही लिटा दिया गया था, वहीं एक नारियल व घी–गुड़ भी रख दिया था। नन्दू घुटनों के बल बैठा था।

मेरे पहुँचते ही नन्दू ने फिर से हवन किया और हाथ जोड़ दिए। थोड़ी देर तक उसकी तेज साँस चलती रही, फिर वह जोर से उछलकर हंकहकाया और बोला,– "जै बोल घटवरिहा बाबा की!"

अब वह गुस्से में लाल बड़ी–बड़ी आँखें करके कहने लगा,– "आज सुध आई है मोर! तेहरे घर का कुलपूजदेव बिगड़ा है।"

इसके बाद उसने जमीन में सिर दे मारा और शान्त हो गया।

इधर वह बच्चा काफी गंभीर हो गया था। एक बुजुर्ग ने आत्मीयता से कहा,– "कुलपूज को पुताई–पट्टिता करवा दे, झगडुवा।"

थोड़ी चिकित्सीय अनुभव से ऐसा लग रहा था कि, "बच्चा डबल निमोनियाँ से ग्रसित है। मगर क्या करता इन लोगों को समझाना बहुत कठिन था। इधर देखते–देखते बड़े कठिनता से जन्मा इकलौता बेटवा. घर का एकमात्र चिराग बुझ गया।

बच्चे की माँ पछाड़ खाकर गिर पड़ी. और उसका करूण– क्रंदन मेरे लिए असहय था। लोग नासमझी बातें ही कह समझा रहे थे, कि "घर के कुलपूज को शीध्र खुश करो, उसकी पूजा देकर!"

मैं आँखों में आँसू लिए चल पड़ा वहाँ से, इस मौत से ज्यादा दुःख था इन अन्धविश्वासी लोगों की नासमझी पर।

लघुकथा-सुलहनामा

आज के अखबार को पढ़ते पढ़ते जैसे ही एक समाचार को देखा नजरें वही रूक गयी. आज के रिपोर्टर वैसे भी समाचार नहीं विज्ञापन लिखते हैं. मगर एक और खास बात होती है कि, एक ही समाचार को अलग–अलग अखबार अलग अलग तरह से छापते है मगर आज तो कुछ जानी पहचानी औरत सुरगन की माँ की मौत व सुरगन की बहन की मौत रसोई में आग लगने के कारन मुझे अंदर तक झकझोर गयी. एक दिन का दृश्य स्पष्ट सामने आ गया, लग रहा था जैसे वह बात अभी और इसी समय हो रही हो.

जुडिशियल मजिस्टेट की अदालत के अन्दर व बाहर वाराण्डे में रोज की तरह उस रोज भी भीड़ थी, जिसमें औरते व मर्ट तथा पुलिस के जवान सभी थे. जैसे ही चपरासी ने आवाज लगाता. लोग अपने–अपने वकीलो को खोजते कुछ दौड़ कर हाजिरी में दस्तखत करते.

मैं तो इस रोज–रोज को प्रक्रिया से अच्छी तरह वाकिफ था, हां मन को झटका जरूर लगता कि अपराध बढ़ते ही जाते हैं घटते क्यों नहीं? बस ऐसे ही स्वाभाविक तौर से मैं उधर से गुजर रहा था कि, एक अधेड़ महिला पर मेरी निगाह पड़ी उसकी आंखों से झर झर आंसू बह रहे थे, चेहरा जाना पहचाना लगा, उसके पास ही एक नवयुवती साथ में दो माह का बच्चा लिये लम्बे घूंघट में खड़ी थी. कुछ अजीब सा लगा मुझे, मैं एक अनजान आकर्षण से उधर चला गया, मुझे देखते ही बुढ़िया फफक पड़ी थी, कारण जानना चाहा, तो वह इतना ही बता सकी, कि "यह मेरी बिटिया है और.......," इतने में एक काला सा जवान उसके साथ एक भौड़ासा आदमी और था लगता था वे दोनो भाई–भाई थे, एक 65–70 वर्षीय आदमी और या जो शायद उनका पिता था, यह मेरा अनुमान था, जो सत्य निकाल।

वे उन माँ बेटियों को अदालत के अन्दर ले गया, मैं स्तब्ध था। मुझे याद आया कि यह तो सुरगन की माँ है जो अपनी इस इकलौती बिटिया को ससुराल लेने गयी थी. वहाँ बिटिया का खाने तक की तकलीफ दी जाती थी दहेज की धमकियाँ दी जाती थी "क्या लेकर

आयी है।" सुरगन की माँ गिड़गिड़ाई, गरीबी की दुहाई दी, बेटी के हक की भीख माँगने लगी. फिर भी इन दरिन्दों ने रहम नहीं खाई और माँ बेटी पर लाठियों की बौच्छार कर दिया तमाम खून खच्चर कर दिया, रिपोर्ट दर्ज हुयी अब मुकदमा अदालत में विचारा धीन हुआ तो तमाम पंचायतों, दबावों और धमकियों में उनसे सुलहनामा लगवा दिया गया. चारों तरफ के दबाव व बिटिया के भविष्य के सूख के सपनों के आधार पर सुरगन की माँ टूट गयी थी और भारी मन से एक से एक टीस मन में दबाए उनके झूठे कसमों के आगे वह झुक गयी थी. एक बार फिर उन माँ–बिटियों का चेहरा मेरे सामने आ गया, मेरी मुट्ठियाँ स्वतः मिंच गयी, मुझे इस समाज पर क्रोध आ रहा था. उस अखबार के टुकड़े–टुकड़े होते चले गये, मेरा सारा बदन अनजान पीड़ा से तड़प उठा. न जाने इन अबलाओं निदोर्षों को कब न्याय मिलने लगेगा।

कविताएं

वर्षा रानी

बड़ी सयानी,

वर्षा रानी।

करती है,

अपनी मनमानी।।

इधर से आती।

उधर को जाती।

सबके मनको,

है हर्षाती।

मेरी आवाज

रोक दो जब तुम,
इस दर्द के सैलाब को।
हर ओढ़ पर इक हसी,
रच जायेगी बस जायेगी।
कश्मीर से कन्या तक,
आवाज एक ही आयेगी।
एक थे हम, एक है हम,
कोई ताकत जुदा न कर पायेगी।
दास्ताने धर्मो में,
अंबार दुख के भी यहाँ।
स्याह जैसी सर्द राते,

'मृग मरीचिका'

वित्त मंत्री की एक बचकानी बात से बरबस हंसी फूट पड़ती है कि "किराया एवं विद्युत करों से राज्य सरकारें अपने लिए राजस्व बटोरें" टैक्स माफ, यह जनता के साथ कैसा मजाक है। यह तो कमरतोड़ महंगाई में आम जनता पर जबरदस्ती एक और असह्म बोझ का रखना ही होगा। यह सफेद खद्दर में लिपटे सफेद पोश काले लोगों की कुटिल आत्मा का निर्णय है, विष रस भरा, कनक घट जैसे।

यह गरीबों की नहीं अमीरों की हिमायत है जहां से उन्हें चुनाव आदि लड़ने को एक मोटी रकम मिलती है। गरीबों की वोट तो उन्हें जाति, धर्म के नाम पर मिल जाती है, नहीं भारत जो गांवों में बसा है। बताएं उस ग्रामीण जनता को क्या मिलने वाला है?

किराया वैसे ही आसमान छू रहा है अगर इसे बढ़ा दिया गया तो–, क्या यह सरकार के पास पहुंचेगा? बताइए दिनभर हल चलाने वाला किसान कौन सा व्यापार शान को करेगा, जिससे उसे टैक्स नफी में फायदा होगा?

दिन भर का थका हारा गांव का वह बिज्जू जिसे अपनी रिश्तेदारी में निमंत्रण जाना है, बेचारा दिन भर की मजदूरी दस रू. ही पाता है और बीस–पच्चीस किलोमीटर का उसे आने–जाने का किराया वैसे भी दस रू. हो जाता है, बताइए वह करे क्या?

वह बेचारा बिज्जू रोडवेज से अपने गन्तव्य तक जाता है और कण्डक्टर को वह पूरा किराया अदाकर के टिकट की इच्छा अगर जाहिर भी करता है तो कण्डक्टर साहब ने टिकट देने की गलती नहीं की, बस खचाखच भरी होती है, जिसमें गांव के ही अधिकतर लोकल लोग ही होते हैं और कण्डक्टर उन्हें कब टिकट देने लगे वे अनपढ़, नासमझ एवं पढ़े–लिखे देहती जो हैं और इससे उनकी जेब काफी गर्म हो जाती है।

बाजार से लौटा रामनाथ भरी बस में यात्रा करता है, किराया चुकाने पर भी महानुभाव कण्डक्टर टिकट क्यों देते। रास्ते में चेकर मिल जाते हैं (फ्लाइड स्कवायड बिना टिकट रामनाथ को बन्द करने

की धमकी दी जाती है, बेचारा दस पांच जो बचाकर लाता है उससे भी वह हाथ धोता है, तब जान बचती है कण्डक्टर को क्या है, इस खेप में कमाई का फिफ्टी–फिफ्टी कर दिया, बस।

इसी धमा चौकड़ी में रात हो जाती है, बस से उतरकर उसे गाँव पैदल चलकर आठ–दस किलोमीटर जाना या अब उसे रास्ते में डाकू–लूटेरे मिलते हैं और बेटी की बिदाई के लिए जो सामान लाया था उससे भी हाथ धोना पड़ा। पुलिस गश्त में मिलती है दस बेंत वह भी लगती है। यह है आम नागरिकों की दास्तान।

टैक्स हटेंगे फायदा किसे होगा, पब्लिक को? कभी नहीं। वह तो पिसती है, पिसती रहेगी। प्रजातंत्र का फायदा उसे यहीं मिलेगा, आसमान छूती महंगाई और बढ़े हुए भाड़े, जो पहले से हृदय द्रवित कर देते हैं, उस पर फिर बढ़ाओं भाड़ा कृपक हो या गरीब जनता वैसे भी भारी बिजली का बिल अदा करते हैं, उसे और बढ़ाओ। और मजा मारें चोरी करते कर्मचारी जो भाड़े की ओर कटिया फंसवाकर बिजली की चोरी करके अपनी जेबें भरते हैं, मजा मारें दौलतपति सेठ लोग, टैक्स जो हट गए हैं।

इस प्रजातंत्र में उसे क्या मिला बोझ के शिवा जो उसके मस्तिष्क में चौबीसों घण्टे लदा रहता है राजतंत्र इससे बेहद ठीक था, वहां न्याय मिलता था, भ्रष्टाचार कम था। अब भी तो सारी सुविधाएं नेताओं को हैं, अब प्रजातंत्र नहीं नेता तंत्र है। जनता मृत्यु के कगार पर है, रहे। उन्हें नेताओं को क्या है किराया उनका माफ, जब चाहे सुविधाएं बढ़ा लीं, वेतन, बोनस और भत्ते बढ़ा लिए। दिल से पूछिए उस गरीब जनता से जो अपने पसीने की कमाई देकर चलती है। व्यापारियों को क्या है टैक्स माफ कर दिए तो उनकी आय में और वृद्धि हो गई, मुनाफे को ही तो धंधे करते हैं।

कहना ना होगा कि, दिल्ली के मुख्यमंत्री मिस्टर खुराना जो कहते हैं वह पूरे भारत के लिए सही हो सकती है, "भ्रष्टाचार को कोई अदृश्य शक्ति ही मिटा सकती है।" वे जर्मन रेडियो से कह रहे थे। मैं समझता हूं कि जब–तक वोट की राजनीति रहेगी भ्रष्टाचार बढ़ता ही जाएगा और आम पब्लिक पिसती रहेगी, क्योंकि निरक्षरता दूर होती नहीं। झाड़ा पहले से ही काफी हैं, उन्हें बढ़ाने की भूल जनता की और रीढ़ तोड़ देगी।

आत्म–कथाः–प्रतिभा परिचय

बचपन बचपन तो सभी की तरह खेलने, हँसने, रोने और खाने–पीने एवं उछलने कूदने में बीत गया। इसी बीच स्कूल जाना पड़ा और पढ़तें–पढ़तें धीरे–धीरे किशोरावस्था ने अपना डेरा डालना शुरू किया। कुछ समझ आ गई तो समाज के प्रति बोर लोगों के प्रति दिल में कुछ कशम–कश होने लगी, विशेषकर तब–जब कोई सवन किसी निबंल को सताता।

पुलिस वाले बेकसूरों से डण्डों के बल पर रिश्वत वसूलते तब लगता कि, चीख पड़ू, रोपड़ू, कौन सा उपाय करूँ जिससे ऐसा न हो, यह सब जड़ से खत्म हो। लोग तो थोथे दम्भ में परेशान रहते नजर आए और मनुष्य हो मनुष्य के साथ अत्याचार करते। तब यह लगता, कि कैसे समझाऊँ इन्हें, कुछ समझ ही नहीं पाता। अभिव्यक्ति को व्यक्त करने का रास्ता ही नहीं ढूढ़ पाता था, सीधे कहने की भी कोशिशें करता तो डांट खानी पड़ती, छोटे मुँह बड़ी बात। फिर किससे कहता, गांव का मैं अदना सा छोकरा अखबार को जानता ही न था।

वे दिन मुझे अच्छी प्रकार से याद है जब एक गरीब को काम न करने के कारण नम्बरदार ने उसे झूठा ही फंसा दिया था, उसके छोटे–छोटे बच्चे रोते बिलखते रह गए थे, सारा गांव मूक दर्शक ही बना रहा, जबकि सभी जानते थे कि, अत्याचार है।

उस दिन मैं खूब रोया था खाना भी मैंने अच्छी तरह से नहीं खा पाया था।

और इसी बीच पढ़ाई का दौर बढ़ा और जिज्ञसा वश 'नन्दन' को शुल्क भी भेजदिया। नन्दन के अलावा अन्य बाल पत्रिकाऐं भी पड़ता था परन्तु नन्दंन में मन ज्यादा ही लगता था। एक बार एक घटना और घंटो मैंने उसे लिखकर नन्दन को भेजा भी दिया। मगर वह अन्य रचना की प्रतीक्षा में सखेद वापस लौट आयी। मेरा उत्साह बढ़ा मगर लिख न सका आगे। इसी बीच जीवन सम्बन्धी डा. लक्ष्मी नारायण शर्मा की पुस्तक 'नर–नारी और स्त्री–पुरूष पढ़ा तथा जासूसी एवं सामाजिक नावेल दिल्ली की पाकेट बुक्सों से मगाता रहा।

इसी बीच सन् 1980 में 24 फरवरी को जीवन की महत्वपूर्ण घटना घटी मुझ अठारह वर्षीय किशोर को मध्य प्रदेश के शहर सतना में एक किशोरी के साथ ब्याह दिया गया। मैं विरोध नहीं कर सका क्योंकि पिताजी का मैं ही अकेला पुत्र था। चुपचाप इस घटना को झेला, बाहर से शान्त रहा मगर अन्दर काफी हलचल थी। शहर में पली बढ़ी वह षोड्स वर्षीया मेरी पत्नी मेरे विचार नहीं बदल सकी, बल्कि और मजबूती दी।

मैं इसी ऊहा पोह था कि, कैसे लिखू"? दो बच्चों का बाप बनने वाला था तभी सन् 1985 में चित्रकूट पर्यटक बगले में उ0प्र0ज0ए0 द्वारा पत्रकार प्रशिक्षण शिविर लगा, उसमें मैं भी शामिल हुआ, मगर तीन दिनों में मैं कुछ समझ नहीं सका।

मगर जो विचार मैंने वहां रखा धड़कते दिल से सभी ने मेरी प्रशंशा की, मगर डर बना रहा। तभी हमारे गुरू तुल्य भाई रामपाल त्रिपाठी ने इलाहाबाद के साहित्या जलि प्रभा के सम्पादक भाई भगवान प्रसाद उपाध्याय से पत्र द्वारा परिचय कराया। उस समय वे दै0 न्यायाधीश के सम्पादकीय मण्डल में कार्य कर रहे थे। उन्होंने लिखना सिखाया और धड़ल्ले से समाचार छपने लगे। मगर नन नहीं लगा, मैं तो समाज में परिवर्तन लाना चाहता था, इसी पर लेखन द्वारा क्रांति का बिगुल बजाना मेरा अभी भी लक्ष्य है।

तभी रामपाल जी ने 'शैन्नी अशेष' जी का पता दिया, तुरन्त सम्पर्क से मैंने प्रथम साहित्य निदेशालय से प्रशिक्षण लिया और 'मनमुक्ता' और तारिका अब शुभ तारिका के सम्पर्क में बना रहा। अब क्या था–भाई भगवान प्रसाद ने मेरे लेखन पर आश्चर्य किया। बस क्या था छपने लगा देश के छोटे–बड़े पत्रों में, पत्रिकाओं में। पारिश्रमिक भी मिल जाता है। मगर मैंने भूवकर भी उन पत्र–पत्रिकाओं को रचनाएं नहीं भेजी जो पैसे लेकर स्थान देती है। आज सैंकड़ों रचनाओं में पारिश्रमिक पा चुका हूँ। वास्तव में दक्षिण भारत की हिन्दी पत्रिकाएं प्रशंशनीय हैं।

मेरी सबसे प्रिय पत्रिकाए इस समय 'कादम्बिनी' और सरिता है। मैं 'धौलपुर–धमाका' और 'ज्ञा. रं. ट्रेजर' को अच्छे पत्र मानता हूँख जिनका भविष्य अच्छा है। जिनके विचार अच्छे हों वह क्या नहीं कर सकता?

मेरा प्रमुख लक्ष्य है सामाजिक स्वच्छता, परिवर्तन क्रांति तथा अच्छे विचार! स्ब कोई हर एक से प्यार करे, सभी खुशहाल हों और समानाधिकार मिले सभी, स्वच्छ व ईमाबदारी पूर्ण राजनीति हो।

परिवर्तग मेरा लक्ष्य है, मित्रता–भाईचारा बांटना चाहता हूँ, आगामी पीढ़ी स्वच्छ हवा, स्वच्छ जीवन और समानाधिकार में स्वांस ले तथा अपने एक बच्चे को समाज सेवक बनाना चाहता हूँ। भय आतंक और स्वार्थ परता खत्म हो यहा मेरे मंजिल हैं. जिसके लिए जो बन पर्यन्त मैं अड़ता रहूँगा और भविष्य में आने वालीं पीढ़ी को व वर्तमान में गुमराह समाज को अपनी कलम से एक नई दिशा प्रदान करना चाहता हूँ।

मेरे लिए अब तक के सबसे अच्छे लेखकों में प्रेमचन्द हैं, जो मेरे लिए प्रेरणा श्रोत्र हैं।

रिश्वत

देवघर के बैजनाथ मंदिर में अथाह भीड़ थी. लोग 'बोल बम!' कहते धक्का मुक्की के साथ बढ़ रहे थे, बच्चे, बूढ़े, युवा नर–नारी सभी जल चढ़ाने को लालायित थे. कहते हैं वहां अगर जल न चढ़े तो पापी होने का सबूत मिल जाता है. अंदर मंदिर संकरा है. एक बूढ़ा परेशान था. उसे पंडे भी दुत्कारते और भीड़ भी. वह गड्मगड् हो रहा था. उसका धक्कों से आधा जल छलक गया था. मैं जल चढ़ाकर उसी को देख रहा था.

मेरा कोई बस न था कि उसकी मदद कर सकूँ. मैंने देखा वह किसी तरह पांच का सिक्का अपनी जेब से निकालने में कामयाब हुआ और एक पंडे को वह सिक्का थमा दिया. अब क्या था. पंडे ने उसे पकड़ा और भीड़ को बेंत व अपने वर्चस्व से अलग करके आराम से जल चढ़वा दिया.

बाहर आकर मैं उस बूढ़े से मिला तो उसने बताया कि मैं रिटायर पुलिस का सिपाही हूँ. मैं अच्छी तरह से रिश्वत के महत्व को जानता हूँ. जो नीचे से ऊपर तक, मंदिर व भगवान तक चलती है. मैं रिश्वत के बोलबाले को देखकर व सुनकर सकते में आ गया और कुछ देर जड़वत् वहीं खड़ा रहा.

अजब गजब

पता चला कि पेरेग्रीम फाल्कन नामक शिकारी बाज जब 30 डिग्री के कोण पर नीचे की ओर झपटता हैं तो उसकी रफतार 270 कि.मी प्रति घंटा होती है और जब 45 डिग्री के कोण पर झपटता है तो उसका अधिकोण पर झपटता है तो उसका अधिकतम वेग 350 कि.मी. प्रति घण्टा होता है।

नवम्बर 1967 में डेविड हेसिंगर ने उत्तरी प्रदेश में एक शेर का शिकार किया था। उसकी लम्बाई 3.22 मीटर और वजन 388.7 कि.ग्रा था। वाशिंगटन के प्राकृतिक संग्राहलय में इसे देखा जा सकता है।

दुनिया का सबसे कीमती पशु अगस्त 1983 में चार करोड़ डॉलर का शरीफ डांसर नामक धुड़ दौड़ का घोड़ा था।

'रमुआ'

रमुआ थाने में रपट लिखवाने की गरज से थाने में पहुंचा ही था कि सिपाहियों ने काफी रोका टोंकी की, मग रवह दरोगा जी के दफ्तर तक पहुंच ही गया। तहमैत बनियान में लिपटे थानेदार महोदय ने आव देखा न ताव तुरंत बरस पड़े 'क्यों बे साले तेरी हिम्मत कैसे पड़ी यहां घुसने की दरोगा जी का रोबीला चेहरा एत्रम घुड़की तथा नशे में लाल आंखें देखकर रमुआ सिर से पांव तक कांप गया। वह गिड़गिड़ाने लगा हलक में जुबान नहीं निकली ओ–ओ साहब मैं गरीब अकेला....अकेला.....सा,... सा साहब में....में...मेरी ज–ज जमीन.....

वह पूरी बात कह भी नहीं पाया था कि दरोगा जी शेषनाग की तरह फुफकारे भाग यहां से दोपहर के बाद आना रस्साला बहाना बनाता है।

तभी लकालक झकाझक खददर की कुर्ता धोती में लिपटा एक अधेड़ व्यक्ति आ धमका दरोगा जी ने झट से उससे हाथ मिलाया और कुर्सी बैठने को दी।

रमुआ ठहर गया था दरोगा फिर गुर्राया नहीं जाता रे, देखता नहीं हम कितने जरूरी काम में है। सुबह सुबह भेजा खाने आ जाते है।

रमुआ उस सफेद आदमी की भी अच्छी तरह जानता था जो पता नहीं कितने अपराध करवाता रहता है मगर जेल कभी नही जाता रमुआ दोपहर बाद फिर गया मगर थानाध्यक्ष महोदय का पता नही था छोटे साहब थे जो गुर्राए कम घूरे ज्यादा थे जब वह बात कहना चाहा तो छोटे साहब ने कहा–लिखकर दे जाओ हम सालों को ठीक कर देंगे।

रमुआ एक अर्जी में अपनी व्यथा लिख आया मगर एक बार साहब आये जरूर थे अभियुक्तों से मिले भी थे मगर।

मगर क्या किया? वह नहीं जानता जमीन पर कब्जा उसे आज भी नहीं मिला सिर्फ लकड़ियां बेचकर मजदूरी करके ही खाता हैं जिस दिन तबियत खराब हुई वह अपने परिवार वालों को व्रत (लंधन) करवाता है।

वह

वह भी खेलना चाहता था, मुस्कराना चाहता था, हँसना चाहता था और अपनों की डाट भी खाना चाहता था.

छोटा था. दादा–दादी के पास वह रहता था, हँसता था, मुस्कराता था और रोता था, रूठता था. सब कुछ ठीक था मगर कुदरत के कारनामें ही कुछ और होते है.

किस्मत ने मोड़ खाया और असमय पिता का साया छिन गया. अभगपन ने उसे घेर लिया.

दादी दादा तो चाहते थे कि इसे पिता की कमी ही महसूस न हो! मगर बाप, बाप होता है. बाप की डाँट वह भट्ठी है जहाँ लोहा भी तपकर सोना हो जाता है.

दादा दादी को क्या कहें उसके दिल से पूछिए जिसने जवान बेटे की चिता खुद जलाई है।

पौरूष थक गया. पुत्र सोच ने दादा दादी को और बूढ़ा कर दिया था. वह चाचा चाची जिनको उसके पिता ने पुत्र से कम नहीं माना था. अपने लिए कम, अपने भाइयों के लिए ज्यादा सोचता था और करता भी था! आज वही भाई, भतीजे को एक जानवर की तरह रखना चाहते है, नौकर से बदतर दुत्कारते है, कभी वे निदयतापूर्वक मारते है सिर्फ दादा दादी की वजह से वह नादान पढ़ने जाता है.

पढ़ाई के लिए पैसे दादा दादी किस किस तरह से पूरा करते है. वे ही जानते हैं. आज वह नहीं जानता, कागज की कश्ती और बारिश का पानी कैसा होता है.

समय के थपेड़ों ने उसे इस कदर घायल किया है कि, उसका बयान संभव नहीं है.

उदास मन से बैठा नदी के किनारे वह सिर्फ सोच सकता है, कर कुछ नहीं सकता! बाप की जुदाई के बाद वह जी रहा है, मगर दादा दादी की जुदाई के बाद, 'मैं जी पाऊँगा या नही यही सोचता है वह.

अगर उसके पिता होते तो क्या चाचा चाची लोग, यही बरताव करते? उसके साथ हजारों सवाल उसके मानस पटल में उभर रहे थे, मगर वह निरूत्तर था.

इसी तरह उसके 10 साल कब गुजर गए उसे पता ही नहीं चला,

1 साल किसी तरह और चला, दादा दादी का पौरूष जवाब दे गया सिर्फ पोते की सोच में दादा जी चल बसे और दादी की बीमारी उन्हें अचल बना दिया.

जन्दिगी थम सी गयी थी, वह मासूम चेहरा कुछ समझ नहीं पा रहा था, चाचा चाची ने उस पर और उसकी दादी पर बहुत जुल्म किए, वह सहने के अलावा और कर भी क्या सकता था?

हिस्से के साथ हिसदारी को भी वह समाप्त करना चाहते थे.

उसकी दादी सब कुछ समझती थी और इसी सोच में एक दिन वह भी चल बसी! वह दादी की धू धू जलती चिता को देख रहा था.

तभी चाचा की कड़क आवाज़ उसे चौका दिया, 'चल, दोखी, वहाँ इतना सारा काम, तेरा बाप करेगा क्या?'

और वह एक कठपुतली की तरह चल पड़ा, जिसकी डोर अब इन्हीं लोगों ने पकड़ रखी थी.

एक दृढ़ता उसके चेहरे पर थी. मैं समझ नहीं पा रहा था, क्यों?

वह यन्त्र चलित सा घर आ गया और काम अपने पौरूष तक चाचा चाची की गालियों के साथ करता रहा! दादी के साथ उसके आँसू भी जल गये थे शायद!

रात हुई. आधी रात में, सभी सो चुके थे. एक भयावह रात थी उसके लिए, सब कुछ लुट चुका था उसका.

दादा के बाद दादी एक मात्र जीने का सहारा थी उसकी! वह सहारा भी अब छिन चुका था, कौन था अब इस घर में उसका? जिसे उसके दादा दादी और उसके पिता की ने बनाया था.

वह उठा और चल पड़ा एक अनजान मंजिल की तरफ!

आज करीब 10 वर्ष हो गए होंगे किसी ने पता नहीं पाया उसका, सिर्फ कभी कभार चर्चाएं होती है बस!

आज मैं गुजरात के एक शहर में बस स्टैड पर बैठे बस का इंतजार कर रहा था, तभी एक नौजवान को देख कुछ याद करने की कोशिश करने लगा.

वह पसीने से तर बतर मेरे सामने आकर माथे का पसीना पॉछने लगा, शायद वह भी मुझे पहचानने की कोशिश कर रहा था.

बरबस मेरे मुह से निकल गया, 'तू तू तू......तो......!'

मैं वाक्य पूरा करता की उसने सिर्फ और सिर्फ हाँ में सिर हिलाया. उसकी जबान से शब्द नहीं निकल पा रहे थे. आँखों से आँसुओं की झड़ी लग गयी. सावन भादों की झड़ी की तरह. पसीना कम भिगोया था आँसुओं से चेहरा नहा गया.

मेरी आँखों से भी बरबस, रोकने में भी नहीं रूके और आँसुओं का सैलाब मेरी भी आँखों में उमड़ आया.

कुछ देर बाद मैंने धीरज रखा और रूँधे गले से कहा, 'चल गाँव चल, घर और जमीन में तेरा हिस्सा है और तेरी वहाँ शादी भी....!'

मेरे वाक्य पूरे नही हुए थे कि उसने मेरे मुह में हाथ रखकर मुझे चुप करा दिया.

मेरे बेटे का नाम वह अस्पष्ट में लिया, 'ध ध धनिया!'

मैने कहा, 'हाँ, वह भी तुम्हारे बराबर हो गया है.'

वह फफक फफक कर रो पड़ा और रूँधे गले से बस इतना कहा. 'अब कौन है...मेरा वहाँ? ....दादा दादी....!'

शब्द नहीं निकले और फूट फूट कर रोने लगा.

कुछ देर बाद फिर अटक अटक कर कहने लगा, 'जन्म भूमि है वह, मेरा प्रणाम् है गाँव को...अब चाचा चाची और उनके बच्चे, मेरे भाई बहन है वो, अब उन्हीं को मुबारक हो मेरा भी हिस्सा!

'बस और रेलवे स्टेशन मेरा घर है और दादा दादी की यादें गुजारे के लिए काफी है.'

तभी किसी ने पुकारा, 'कुली!'

और वह चला गया भारी बोझ सा लिए जो उस मुसाफिर के सामान से ज्यादा वजनी है.

मैं उसे रोक नहीं पाया, उस दृढ़ प्रतिग्य के सामने मैं नतमस्तक हूँ.

घण्टों खड़ा रहा एक निर्जीव प्रतिमा की तरह!

मेरी बस का एनाउंसर ने एनाउंस किया और मैं भी मन में एक भारी बोझ लिए आँसू पोंछता हुआ चल....!

ठंड की तपन

उस दिन पूष की पूनम थी। धवल चाँदनी से धरती दूधिया रंग से साराबोर, नहाई हुई थी। और ठंड अपनी चरम सीमा को पार कर रही थी। हाड़ तोड़ ठंड में रजाई से मुँह निकालना कष्टदायक हो रहा था।

ओंस, पनतुसरा, खेतों में फसल और मेंड़ की घास को बर्फ सी ठंड बूँदो से भिगोकर सराबोर कर दिया था। ऐसा लग रहा था, मानो अभी मोती को बर्फ में लपेटकर आसमान से बादलों ने वर्षा की हो।

अभी 2 दिन पहले ही, भारी कुहरे के बीच भीषण बर्फवारी, ओला वृष्टि के रूप में हुई थी। जिसके कारण ठंड और बढ़ गई थी।

वनस्पतियों और घास और फसलों में ऐसी चमक थी, मानों किसी ने चाँदी का वर्क ओढ़ा दिया हो।

प्रकृति का यह अनूठा दृश्य देखने लायक था। ऐसा अचानक बादल छँटने और कुहरा हटने के कारण था, ऐसा लग रहा था कि, उस चाँदनी रात में किसी नवोदित दुल्हन को सजाया गया हो।

लेकिन पूष खतम होते और माघ के शुरूआती वाली चाँदनी कौन देखने की जुर्रत है।

फिर भी गाँव के वह मेहनतकश किसान, जो अन्ना पशुओं की ताक में बैठे, बेचारे फटे कंबल, फटी रजाई के सहारे, आग, अलाव भी ठंडा रहे थे। बैठे घोंपा फूस का छाता के नीचे ऊँघते हर आहट पर सजग प्रहरी की तरह चौकन्ना हो जाते हैं।

उसी हाड़ तोड़ ठंड में एक अल्हड़, मृगनयनी, नवयौवना आधी रात में चली जा रही थी, बिना किसी भय के, बिना किसी रूकावट के।

जमना काकू की नजर चाँदनी रात के कारण फासले के बाद भी, उस पर पड़ गई। जमना ने पहले सयानों से अनेक किस्से सुने थे, लक्ष्मी के आने–जाने के!

जमना ने सोचा लक्ष्मी ही हो सकती है नहीं इस ठंड में तो किसी लड़की की हिम्मत कहाँ हो सकती है। यह किसी से रूठ कर हमारे गाँव से निकलकर दूसरे गाँव जा रही होगी! हमारे यहाँ अन्याय भी खूब हो रहा है।

पुराने जमाने के जमना काकू, अनेक प्रयासों के बाद भी आग नहीं जला पाए थे, फिर आधी रात में वह उस नवयौवना को पहचानने की क्यों कोशिश करते?

हाँ, वह इतना तो जरूर जानते हैं कि, बचपन से बुढ़ानी दारी तक कोई भूत बाधा मेरे खेत के पास से नहीं गुजरी, फिर वो बरमबाबा के परम सेवक भी तो थे।

उनका ध्यान उधर ही था। उसे सज्जी के खेत की तरफ मुड़ता देखकर चौंक गया! "यह सज्जी के खेत की तरफ क्यों जा रही है?"

जमना को मालूम था कि, आज सज्जी नहीं है, वह अपनी बहन के घर गया है और आज उसका बेटवा राहुल है।

जमना काकू ने सोचा, इतना आकर्षक सुंदर, गबरू जवान राहुल इसे देखकर डर न जाय, क्योंकि यह साधारण स्त्री का साया नहीं हो सकता! क्योंकि इस ठंड में कोई भी नहीं निकलने की हिम्मत कर सकते चाहे लड़का हो या लड़की! वह क्या जानें की प्रेम दिवाने बर्फ में भी नंगे पग चल सकते हैं।

मन शंकित था, जमना काकू अरहर के खेतों की आड़ से उस साया का पीछा करने लगा।

राहुल के घोंपा के नीचे धुआँ हो रहा था, इसका मतलब है कि, राहुल किसी तरह अलाव को जीवंत किए है, गीला ईंधन जल तो नहीं रहा, लेकिन वह किसी तरह धुआँ–धक्कड़ किए है ताकि कुछ ठंड से राहत मिल सके।

जमना के यह जानकर राहत हुई कि, राहुल जाग रहा है।

कठिन जीवन है किसानों का, फिर भी हर तरफ से जबरदस्त मुश्किलें खड़ी की जाती हैं। चाहे वह भगवान ही क्यों न हो, कभी ओला वृष्टि, कभी अति वृष्टि, कभी सूखा सरकार ने कर्ज दिया भी तो

आधा दलाल खा गए, बैंक वाले खा गए, फिर वसूली में किसानों के ही डंडा पड़ा!

और यह भूत–पोंगड़ा भी हम किसानों को ही परेशान करने आ जाते हैं। यह गबरू जवान राहुल अभी पढ़ाई से फुरसत हुआ है, इसे सरकारी नौकरी मिलना नहीं है, यह बेचारा मेहनत भी नहीं कर पा रहा है।

कोई भी बाप ऐसी रात में अपनी औलाद को बाहर नहीं निकालता. आज सज्जी बहुत ही जरूरी काम से बहन के घर गया है और अगर अन्ना जानवर पड़ गए तो सारी मेहनत में पानी फिर जाएगा।

इसीलिए उसकी माँ ने भी भेज दिया है, जमना इस बात को जानते थे क्योंकि गाँव में भी उनके घर पास पास ही हैं और खेत भी, इसलिए हर तरह से पड़ोसी हैं दोनों।

दोनों की बचपन से ही पटती भी थी। फिर दोनों सामान्य जाति के भी थे। खान पान भी चलता था, दूर से रिश्ते भी फंसे थे।

वह साया अब सज्जी के घोंपा के पास पहुँच गई।

जमना चाल बढ़ाकर, तुषार से भीगे अरहर के खेत में मेंड़ की आड़ में बैठ गया।

पैर में जूते थे, मोजे नहीं थे, फिर हाथ में किसान के दस्ताने कहाँ।

किसी तरह फटे कंबल में लिपटा जमना, ठंड से फूटते हाथ में दमी लाठी को जमीन में रख दिया।

जमना ने राहुल की आवाज सुनी, 'तुम!' उसके जी में जी आया कि, यह भूत भूतनी या लक्ष्मी नहीं, कोई राहुल के पहचान की है फिर इतनी आधी रात को यह क्यों आई और कौन है? यह जानना चाहता था जमना।

जमना बस यहाँ से कुछ ही दूरी पर था।

यह किसी लड़की की जानी पहचानी सी आवाज लग रही थी। जो कह रही थी कि, 'देख राहुल, तुम्हारे माँ बाप तुम्हारी शादी कर

देना चाहते हैं और वह इस साल शादी कर ही देंगे। अगर तुमने हिम्मत नहीं की तो मैं....!'

राहुल ने आगे और उसे बोलने नहीं दिया उसके मुंह मे हथेली रख दिया।

राहुल ने कहा, "पगली कहीं की, मैं क्या करूँ, कुछ समझ नहीं पा रहा हूँ। देख मेरी सुमन मैं भी तेरे बिना जी नहीं पाऊँगा। तू क्या समझती है प्यार बस तू ने किया है, मैंने नहीं?"

जमना चौंकन्ना हो गया। क्योंकि, यह तो उसकी ही बिटिया है, परंतु इनकी पूरी बातें सुनना जरूरी है। और क्या करते हैं, कहाँ तक जा चुके हैं समझना होगा, इसलिए जमना चुप रहने में ही भलाई समझा।

सुमन ने फिर साफ शब्दों में कहा, "तेरी बातें तू जाने, लेकिन आज मैं फैसले के लिए आई हूँ, कुछ नगदी, और जेवर लेकर आई हूँ। तेरी हिम्मत नहीं है, तो तू चल भाग चल मेरे साथ। अगर नहीं चलना तो जवाब दो, मैं सब सामान साथ लाई हूँ और यहीं जान देकर ही जाऊँगी! मैं लड़की जात हूँ, अपनी बदनामी सुन नही सकूँगी और अब तू मुझे छुआ नहीं पर मैं मान चुकी हूँ और अब दूसरा भरतार, दूसरा प्रेमी अब नहीं कर पाऊँगी। तू शहर के चक्कर में मेरे घर नहीं आता है।"

राहुल ने उसका हाथ पकड़ कर पास में बैठाया और अपना कंबल ओढ़ाकर, प्यार से कहा, "पगली कहीं की, तुम ठंड से ही मर जाओगी। मूर्ख लड़की! तुमने सोच कैसे लिया कि, मैं तेरे बिना जी पाऊँगा। मैं अपनी अम्मा से आज ही बात किया हूँ।"

उसने सुमन को अपने दिल से चिपकाकर आगे कहा, "मेरे बापू घर आ जाएंगे तब अम्मा उनसे बात करेंगी। मेरी अम्मा को तुम पसंद हो!"

राहुल ने अलाव में कंडे डालने के बाद आगे कहा, "देख सुमन जमना काकू और मेरे बापू बचपन के मित्र हैं। अगर तेरे बापू की इज्जत गई जिसे मेरे बापू अपनी इज्जत समझते हैं। अगर तेरे बापू नहीं माने तो, तुमको अपने बापू का फैसला मानना ही चाहिए।"

राहुल ने सुमन की हथेली को, अपनी हथेली से घिसते हुए कहा, "देख सुमन तुम हमेशा से पवित्र हो, फिर बचपन की दोस्ती, हमारा प्यार इस जनम नहीं मिल सके तो, माता पिता के लिए तुम्हें और मुझे कुर्बानी देनी पड़ेगी। देख पगली, माँ और बाप के प्यार से बड़ा, तेरा मेरा प्यार कहाँ? जिन्होंने जनम दिया और छोटे से बड़ा किया। हम उनके रिण से उरिण थोड़ी हो सकते हैं।"

फिर उसने उसके बालों में हाथ फेरा और कहा, "देख, सुमन पूरी उमर हम एक दूसरे को याद करते रहेंगे और यह भी एक मिसाल, एक तपस्या ही होगी, और फिर हम अगले जनम जरूर मिलेंगे।"

सुमन रो पड़ी! राहुल ने उसके आँसू पोंछते हुए कहा,– "रो मत! इतने निष्ठुर माता पिता नहीं हैं, फिर भी वे नहीं मानते तब की बात है। मेरी अम्मा ने कहा है कि, हम जमना दादू को मना लेंगे, अगर तुम्हारे बापू नहीं मानते, मुझे पसंद नहीं करते हैं तो, माता पिता की नाक रखना पड़ेगा, हमारा कर्तव्य बनता है कि, हम उनकी बात मानें।"

राहुल भी उसे पकड़ कर, फफक कर रो पड़ा।

जमना काकू के आँखों में आँसू आ गए थे। उसने उन्हें पोंछने की कोशिश नहीं की।

सुमन ने रूँधे गले से, राहुल के आँसू अपने दुपट्टे से पोंछते हुए कहा, "राहुल मैं इसलिए नहीं रो रही, मैं इसलिए रो रही हूँ कि, मैंने बहुत ही अच्छे इंसान से प्यार किया है। तू अगर नहीं मिला तो भी सारी जिन्दगी तुम्हारी पूजा करूँगी।"

उसने आगे कहा, "देख तू मेरा सरताज है और हमेशा रहेगा। अगर मेरे बापू नहीं मानते हैं, तो भी तुम्हारी पूजा से मुझे कोई रोक नहीं सकता है, चाहे वह मेरा ब्याहता ही क्यों न हो! फिर तुमने मुझे राह दिखाया है, मैं लड़की जात कभी भी पुरूष से ज्यादा बुद्धि से सोच न सकी। तुमने ठीक कहते हो, मेरे बाप महतारी भी इतने निष्ठुर नहीं हो सकते, कल मैं अपनी माँ से कहूँगी जरूर।"

और दोनों एक दूसरे से चिपके रहे, बड़ी देर तक, जमना काकू ने गमछे से अपने आँसू पोंछ डाले।

कुछ देर में राहुल ने कहा, "चल सुमी तुझे भेज आऊँ, मेरे तुलसी दास! भगवान पर भरोसा रख, वह इतना निष्ठुर नहीं हो सकता। क्या

मैं तुमसे वहाँ नहीं मिलता जो इस ठंड में दौड़ी चली आई, तुम्हारी माँ कितना परेशान होंगी अगर जान गयी तो।"

सुमन ने शिकायत करने के अंदाज में कहा, "तुम मिलते हो, हम जवान क्या हुए 2 मिनट से ज्यादा लोगों के सामने एक जगह खड़े भी नहीं हो सकते। तुम्हारे घर गई तो देख कर काम चला लेती हूँ। वहाँ तुम्हारी अम्मा के पास ही रहना पड़ता है। और अगर तुम मेरे घर आए तो अपनी अम्मा का संदेश मेरी अम्मा से कह कर भाग लेते हो!"

राहुल ने कहा, "चल वह भी तुम्हें देखने का एक बहाना ही हुआ करता है।"

और राहुल सुमन का हाथ पकड़ कर गाँव की ओर चल पड़ा।

जमना काकू फक्र महसूस कर रहा था कि, सुमन के साथ जाने वाला, मुझसे भी ज्यादा उसकी रक्षा करने में सक्षम है।

और जमना काकू राहुल के अलाव में हाँथ सेंककर अपने खेत के घोंपा के नीचे चला आया, जमना सुकून महसूस कर रहा था।

अगले ही दिन सज्जी बहन के घर से आ गया।

जमना काकू दिन में सज्जी से नहीं मिला, लेकिन रात में फुरसत से सज्जी के पास गया और दोनों अलाव तापते हुए, पहले बचपन की फिर गाँव के गाँव दारी की बातें हुईं। फिर जमना ने बेटी के शादी की बात चलाई।

सज्जी ने कहा, "अभी तक क्या कर रहे थे? यह बात कहने के लिए मैं कितने दिनों से मैं कह नहीं पा रहा था।"

तब जमना ने पूरी बात बताई, जिसको सुनकर सज्जी को अपने बेटे पर गर्व महसूस हुआ। और फिर दोनों ने बात पक्की कर डाली।

अगले सोमवार को पंडित दीनदयाल चंदन लगाकर राहुल के घर पहुँच गए थे। धोती कुर्ता और सिर पर साफा बाँधकर जमना काकू भी पहुंच गये।

अम्मा से राहुल ने पूँछा, – "अम्मा, ए पंडितजी क्यों आए हैं?"

राहुल की अम्मा ने कहा, "तेरी मुराद पूरी हो गई, दोनों समधियों की मूँछें तो देख! कैसे तनी हुई हैं।"

और दोनों महतारी, बेटवा एक दूसरे से लिपट कर खिलखिला कर हँस पड़े।

राहुल बाहर आकर पंडितजी के पैर छूकर खेतों की ओर चला गया। इधर पंडितजी ने लगन निकाल दिया, दोनों की कुंडलियां भी मिल गई थीं।

इधर अपने खेत में सुमन बैठी थी और आज उधर से ही गया।

राहुल ने सुमन को चिढ़ाने के लिए कहा, "कहो तुलसी दास! आज मेरी शादी तय हो गई।"

सुमन को पता था, उसने भी मसखरी की, "बड़े ताज्जुब की बात है, कौन बाप तुम्हें अपनी बिटिया दे रहा है, आज से मेरे पास मत आना।"

दोनों को ताज्जुब है कि, यह इतना जल्दी कैसे हो गया।

और दोनों हँस पड़े, दोनों अंजान थे कि, रात में कोई तीसरा उनकी बातें सुनी थी।

लघु कथा-'बेटवा'

भीड़ देखकर हम उधर चले गये देखा कि एक नौजवान आगबबूला हो रहा है नौजवान को तो हम नहीं पहचान पाए शान्त बैठे आदमी को हम पहचान गये. वहतो गाव किससे अमीर, दबंग व्यक्ति है वह तो सरपंच भी कर चुका है, उसकी तो हमारे गाँव में भी इज़्ज़त है, पंचायत में भी बुलाया जाता है, और बात मानी जाती है. कोई उसके व्यवहार से कोई डर से उसे देखकर सिर झुका कर चलते हैं. फिर यह कौन है अजनबी कि, यह उन्हें मारेगा. हम अचम्भित थे. हमने पूछा, 'यह नौजवान कौन है, जो दादाभाई को गाली देरहा है।' डरी सहमी एक मैडम जी ने कहा, 'मैं उसकी माँ हूँ और दुर्भाग्य दादाभाई इसके पिता।'

कहानी-कुजात

वैसे अक्सर मडियार सिंह के यहाँ आना–जाना बना रहता था. परन्तु आज ज्यादा भीड़ देखकर बरबस मडियार सिंह के घर की तरफ मेरे कदम चल पड़े।

मडियार सिंह अपने जमाने के रहीश बाप के बेटे थे. बाप ने खूब घी दूध खिला–पिलाकर पहलवान बनाया था.

मडियार सिंह की शादी में हाथी घोड़ों की लाईन लगी थी. बड़ी ही धूम धाम से मडियार की शादी सम्पन्न हुई थी.

धन और ताकत की इज्जत सदैव से होती आई है.

मडियार के महतारी बाप अब चल बसे थे. किसी के भी माता पिता सदैव नहीं जीवित रहते.

आखिर मडियार की जिन्दगी आराम से चल रही थी. उसकी पर्तने से 2 बेटियाँ एक बेटे ने जन्म लिया.

समय तेजी से दौड़ रहा था.

खामोश अदालत अपना काम करती रहती है, दैवयोग, एक दिन अचानक मडियार सिंह के पर्तने की मृत्यु हो गई.

अब बच्चों को पालता मडियार जीवन यापन करने लगा.

आवश्यक कहें या आवश्यकता या और कोई नाम दें, फिर भी हो तो गया मडियार का एक ग्वालिन से प्यार।

मडियार उसे घर ले आया.

गाँव में निन्दा हुई. भाई परिवार और गाँव के लोगों ने उसका तिरस्कार किया, लेकिन लम्बी जायदाद और बड़ी जमीन के टुकड़ों के कारण मडियार को कोई फर्क नहीं पड़ा.

ससुराल वालों के दबाव के कारण वह ग्वालिन के लिए खेत में घर बना लिया और वहीं उसे रख लिया.

आखिर ग्वालिन से भी 1 बेटा जन्म लिया.

मडियार ने बेटियों की शादी की, ग्वालिन ने मना नहीं किया. पहली व्याहता के लड़के की शादी किया.

ग्वालिन के सामने ही दोनों बेटों को आधी आधी जायदाद का वारिश बना दिया और रजिस्टर्ड वसीयत कर दिया.

हर गांव में बिदूषक होते हैं, व्याहता के बेटे का कान भरना शुरू कर दिया, 'यह जायदाद तुम्हारी है, उढ़री की औलाद का कोई हक नहीं बनता!'

मन में मलाल भर दिया लोगों ने!

फिर भी मडियार ने ब्याही के बेटे की शादी किया. और रूपये पैसों के बल पर ग्वालिन के बेटे की भी शादी कर दिया था.

आखिर एक दिन ग्वालिन भी मडियार का साथ छोड़कर पर लोक सिधार गई.

अब ब्याही के बेटवा बहू मडियार को धन के लिए प्रताडित करने लगे थे.

मडियार अब बुढ़ानी दारी अपमान सह गए फिर औलाद से तो हारना ही था.

आखिर ग्वालिन वाले बेटे ने मडियार सिंह को अपने पास रखा.

मडियार की तबियत ख़राब रहने लगी वह चल फिर भी नहीं पा रहा था. बिस्तर पर ही मल मूत्र छूट जाता था. और कोई नहीं छूता था उसे सिर्फ ग्वालिन से जना कुजात बेटवा उसे साफ करता था, नहवाता धोता था.

यह सिलसिला करीब सालों से चला आ रहा था.

यही सोचते हुए मैं मडियार के घर पहुँच गया.

शांत लोग एक चारपाई को घेरे खड़े थे. मडि़यार का ब्याही वाला बेटवा उन्हीं लोगों के साथ खड़ा था.

तभी डिडियाकर रोने की आवाज़ सुनकर स्वाभाविक मेरा ध्यान आकृष्ट हो आवाज़ की तरफ नज़र केन्द्रित हुई. मैंने देखा तो वह कहीं से दवा लेकर आया मडि़यार के रक्खी ग्वालिन का बेटवा था, जो दवा को फेंककर रो पड़ा था.

लग रहा था कि ब्याही वाले को अभी भी हिस्सा चले जाने का मलाल था. तभी तो लग रहा था कि सिर्फ ग्वालिन के बेटे का कोई मरा था. ब्याही वाले का नहीं.

आज पहलवान, दबंग मडि़यार शांत, मृत शैया पर पड़ा था.

आज उसका कुजात ही उसकी सेवा और अंतेष्टि, पुत्र कर्तव्य करने को तैयार खड़ा था.

मैंने देखा कि ग्वालिन के लड़के के 3 मित्र और ग्वालिन का लड़का आगे बढ़कर उसे अंतिम यात्रा के लिए कंधे पर उठाकर चल पड़े हैं.

बरी ब्याही का लडत्रका उसे 4–6 बार मार भी चुका था. लेकिन मडि़यार ने उसे कभी भी अपशब्द या स्त्राप तक नहीं कहा था.

वही ब्याही का लड़का जो धीरे धीरे, पीछे पीछे चल रहा था. क्या सारा धर्म पिता का है ब्याही के पुत्र का पिता की सेवा का धर्म नहीं है सिर्फ धन लेने का धर्म है?

और आज पुत्र का सारा धर्म ग्वालिन के बेटे ने ही भीगी पलकों से निबाहा था जिसे लोगों के द्वारा कुजात की संग्या दी गई थी.

ग्वालिन के कारण सारे गाँव के लिए भी मडि़यार सिंह कुजात हो गया था.

ग्वालिन के लड़के ने मुखागिन देकर भीगी पलकों से मडि़यार को बिदा कर रहा था और वही पहलवान मडि़यार सिंह धू धू कर जल रहा था.

मडियार भी स्वजाति की तरह ही जल रहा था. आगिन्रे उसे किसी दूसरी तरह कुजात की भाँति नहीं जलाया.

चालाक सियार

दुल्हन की तरह पूरे जंगल को सजाया गया था. झबलरो, नयी नयी तरह की रोशनी से रौशन था सारा जंगल, गज्जू हाथी ने अपनी मिठाई की दुकान नये तरीके से सजाया हुआ था. डबरू लकड़बग्घा ने कोई खास तबदीली नहीं की थी क्योंकि उसकी दुकान सभी किराने वालों से ज्यादा ही चलती है.

गबरू सियार ने भी अपनी दुकान को और ढंग से लगाया था.

नवरात्रि में चीकू खरगोश ने देवी पूजा के लिए बढ़िया पांडाल सजाया था.

वहीं दरोगा चीता की परेशानियाँ बढ़ गई थी. पता नहीं क्यों चोरियों और छेड़खानियों की वारदातें बढ़ रहीं थीं.

आज पुलिस कप्तान कालू भालू ने अर्जेंट मीटिंग बुलाई थी, जिसमें जंगल पुलिस के सभी आला आफिसर मौजूद थे.

राजा शेर सिंह ने स्पष्ट कहा था कि, 'अगर अपराध नहीं खत्म किए गए तो, सभी को सस्पैंड होना पड़ेगा. 'कप्तान कालू की सख्ती में अब दरोगा चीता की नींद हराम कर दी थी.

चीता सोच रहा था कि, 'दारू को रोकने के बावजूद यह जंगल में शराब पीने वालों की इतनी तादाद क्यों बढ़ रही है? इसी से अपराध बढ़ रहे हैं'

दरोगा चीता ने दिमाग लगाया और इस काम में अपने सबसे होशियार नये ट्रांसफर में आए सिपाही झब्बू लोमड़ को इस काम को पूरा करने और तह तक पता करने के लिए लगाया.

झब्बू भेष बदलकर सादे कपड़ों में गश्त मारने लगा. गश्त के दौरान ही उसे एक नौजवान बंदर दिखाई पड़ा, 'यह इतनी रात में यहाँ क्या कर रहा है?' सिपाही लोमड़ ने सोचा!

लोमड़ ने देखा, गबरू सियार की दुकान की आधी शटर खुली है, गैलरी का भी आधा दरवाजा खुला है, 'कुछ दार में काला जरूर है।'

शक तो हुआ लोमड़ को, लेकिन पता कैसे हो! वह उस नौजवान बंदर के पास गया. बंदर के मुंह से शराब की बू आ रही थी. उसने बंदर से कहा, सरकारी पाबंदी के कारण मिल नहीं रही, आप कहाँ से पा गए मुझे भी....!

उस बंदर ने बताया, गबरू भाई चोरी से पड़ोसी जंगल से लाकर दे रहे हैं, आप भी वहाँ से लाकर मेरी तरह पुलिस से नजर बचाकर उस झाड़ी के पीछे पी सकते है. नमकीन और जो लेना चाहेंगे किराने की दुकान है उनकी!

लोमड़ लधुशंका के बहाने मोबाइल से, दरोगा को मैसेज कर दिया. और फिर बंदर के साथ गबरू की दुकान में गया. जंगल की करंसी निकाली और एक अंग्रेजी पौवा लिया नमकीन के साथ.

गबरू ने कहा, 'आपको पहली बार देख रहा हूँ.' 'हाँ भाई, मैं पड़ोस के जंगल सुंदर वन में रहता हूँ, यहाँ अपनी बुआ के पास आया हूँ, चिंकू मेरे फूफा जी है.' उसने एक बूढ़े लोमड़ का नाम बताया. और कहने लगा, 'प्लीज मेरे फूफा जी से मत बताना! मैं दुर्गा पांडाल घूमने के बहाने से आया हूँ.' सिपाही इन्हीं बातों में उलझाए रखा गबरू को और चोरों की मंडली में भी शामिल होकर उनको भी उलझाए रखा. तब तक चीता सिंह दरोगा अपने दल बल के साथ आ गया. गबरू भागता तब तक सिपाही लोमड़ ने उस पर अपनी रिवाल्वर तान चुका था.

दरोगा चीता ने दहाड़ कर कहा, 'मुझे शक था कि, इतनी जल्दी तू लखपती कैसे बन गया? जबकि डबरू लकड़बग्घा की बहुत पहले से है और तेरी दुकान से ज्यादा चलती है, फिर भी वह तेरे जैसा पैसे वाला नहीं है.'

छापे में लांखों की शराब पकड़ी गई. नंबर 2 का गाँजा भी मिला और गबरू को जेल भेज दिया गया.

अब जंगल में फिर से शांति बहाल हो गई है. राजा शेर सिंह ने दरोगा चीता को सम्मानित करना चाहा, लेकिन चीता ने सिपाही लोमड़ को इसका असली हकदार बताया!

अब लोमड़ की तरक्की कर दी गई है. वह 2 स्टार वाला एस.आई बन गया है. जंगल में अब अमन चैन लौट चुका है.

दहेज

सतीश 'बब्बा', ग्रा व पो. कोबरा, जिला–चित्रकूट–210208

आज महेन्द्र की शादी के लिए एक पार्टी आई थी।

महेन्द्र के बापू ने, महेन्द्र को पढ़ाने में कोई कोर कसर नहीं रखी थी। लाखों रूपये खर्च किए हैं, जमीन बेची भी और गिरवी भी रखी थी। महेन्द्र की अब पढ़ाई पूरी हो चुकी है और नौकरी भी लग गई है। लड़की के फूफा जी ने बात चलाई, 'आपकी मांग क्या है?'

'मांग, मैं समझा नहीं!' महेन्द्र के बापू ने कहा।

'आप का योग्य लड़का है, इसलिए हम स्पष्ट करना चाहते हैं. हमारा मतलब दहेज से है।' लड़की वालों ने कहा।

महेन्द्र के बापू ने कहा, 'अरे, नहीं नहीं। आप क्या कह रहे हैं। हमें कुछ भी नहीं चाहिए, सिर्फ लड़की....।'

लड़की वालों ने महेन्द्र के बापू की पूरी बात भी नहीं सुनी और उठकर चल पड़े।

वे आपस में खुसर–पुसर बतियसा रहे थे 'कुछ कमी है, चाहे कुल में हो या लड़के में! व्रना इतना पढ़े–लिखे होने के बावजूद फिर बढ़िया जॉब, और दहेज की कोई मांग नहीं है।'

और वे वापस चले गये।

अपनों का दर्द

दूर शांत गगन में तारागण बिखरे थे। ऐसा लग रहा था. जैसे किसी उत्सव में, जहाँ कोई न हो, तनी चाँदनी में, छोटे बड़े हीरों की लड़ियाँ सजा दी गई हो।

एकदम शांत वातावरण! दस ग्यारह बजे रात तक कोलाहलपूर्ण वातावरण वाला गाँव, जहाँ किसी तरफ कीर्तन, भजन और किसी तरफ नाच–नौटंकी, किसी तरफ फिल्मी तराने! होते ही रहते थे।

लेकिन आज वही गाँव ऐसा शांत है कि, अगर सुई भी गिरे तो झन्न की आवाज सुनाई दे।

इक्कीस दिन के लाक डाउन का आज दसवाँ दिन था। टी वी देख देखकर और मोबाइल में माथापच्ची करते करते नौबत हो गई थी।

कोरोना से राहत की कोई खबर नहीं आ रही थी। जग्गू की सभी बहुएं और बेटे पोते का जन्मदिन मनाने आ गए थे, जग्गू ने दिल खोलकर खर्च किया था। उसने अकेलेपन से थोड़ी राहत महसूस हुई थी। लाक डाउन हो गया जो जहाँ था वहीं रह गया।

जग्गू खुश था कि, चलो इसी बहाने सभी मेरे पास तो रहेंगे। बाप तो बाप होता है, हर बाप को संतान और संतान से अधिक पोते प्यारे होते हैं।

जिन संतानों को खेत, जेवर बेंचकर, भूख सहकर, पढ़ाया–लिखाया वह अब बाहर कमाने खाने लगे हैं।

शादी–विवाह में भी बाप ने दिल खोलकर खर्च किया था। और अब वह ससुराल और पत्नी के होकर रह गए हैं।

बेचारा बाप! हर अपमान सहकर भी औलाद को ही प्यार करेगा।

लेकिन अब आपस की थोड़ी–थोड़ी सी बात पर बाप से शिकायत! गुनहगार सा बाप, एक होटल के मालिक सा अपने ग्राहक न चले

जायें, इसी तरह बाप हर प्रकार की उनकी खातिरदारी में लगा रहता है।

आज दसवाँ दिन जग्गू अपनी जमापूँजी लगभग खर्च कर चुका था। फिर भी लड़के, बहुएं कहते हैं,– सभी के बाप–महतारी अच्छे हैं, तुम हमारे लिए क्या किया? हम तो अपने बूते पर कमा खा रहे हैं।

आज तो हद हो गई. छोटी सी बात में देवरानी जेठानियों में झगड़ा हो गया और सास ने उनको भी खाना बनाकर खिलाया।

वे चले जाने की धमकी देते हैं। जग्गू भी चला जाना चाहता है, इस दुनिया से! जग्गू आँसुओं को पी रहा है कि, औलाद नाराज न हो जाए। और अपने दम तक इस बंदी में भी उनकी खवाहिश पूरी करने की कोशिश कर रहा है।

जग्गू भगवान से कहता है, हे प्रभु, आखिर तू मेरा खाता क्यों नहीं खोलता? मुझे भी बुला ले न अपने पास!

किसी तरह लाक डाउन हटा, मंदी में काम–धाम कम ही थे। फिर भी वे सब चले गए जैसे कैदी जेल से छुट्टी पाता है। जग्गू और जग्गू की पत्नी, रह गए सूने घर में! न चाहकर भी निहारते रहते हैं, उस गली को, जिस गली से उनके बेटे–बहुएं और जिगर के टुकड़े पोते गए हैं। बेटों–बहुओं के तानों को बिल्कुल भी नहीं याद करते और न ही उनकी बातों का दुःख मानते हैं।

याद करते हैं तो, पोते के साथ बिताए क्षण! और पोते भी दादा दादी की बहुत ही याद करते हैं। रो रो कर बुरा हाल करते हैं, दादा दादी के पास चलने की जिद करते हैं।

लेकिन यह बेरहम यही कहते हैं, उनके पास नहीं ले जाएंगे अब, नही तो यह बिगड़ जाएंगे।

ये भूल गए है कि, जिसने जिंदगी दी है, छोटे से बड़ा किया और हमारे लिए कोई कसर नहीं रखी, आज उन्हीं के पास जाने से उनकी औलादें दूषित हो जाएंगी, बिगड़ जाएंगी।

वो यह भी भूल गए कि, जैसे हम जग्गू की औलाद हैं, उसी तरह यह हमारी औलादें हैं और आगे वह हमारे साथ इससे भी बदतर व्यवहार कर सकते हैं।

जग्गू अपनी पत्नी के साथ तब तक उस गली को देखता रहता है, जब तक उसे नींद नहीं आ जाती।

सुबह भी वह तो नहीं आते, आती हैं तो सिर्फ यादें, काश! पोते से सिर्फ बात हो जाती।

बात होती तो वह सुकून से सो जाते। हर सुबह खडिया छोड़ने से पहले, जग्गू दंपति भगवान की जगह पोते की बात करते है। और फिर एक यन्त्र की तरह उठ जाते हैं।

एक दूसरे से नजरें चुराकर, पथराई आँखों से वो कई बार सूनी–सूनी राह को निहारा करते हैं।

'सनम'

हमने सनम को खत लिखा, बात बहुत ही पुरानी हो गई है. मैं भी चाहता था कि ई मेल भेजूँ फिर क्या करता कोई भी सनम का ई मेल आई डी अमान्य निकलता, फिर भी मैं हार मानने वालों में से कहाँ था.

आखिर मैंने सनम को खत लिखा और पोस्ट कर दिया.

मैं तो बस अपनी खुजली मिटाया था. मुझे यह था कि, फिल्म शक्ति की तरह यह वापस नहीं होगा, क्योंकि स्मिता पाटिल ने अपना पता लिख दिया था और मैंने अपना पता लिखा ही नहीं था.

हाँ, अंदर मैंने अपना पूरा पता डाला था.

एक और बात है फिल्म शक्ति में नायिका ने खत लिखा था और यहाँ मैं अपने आपको क्या कहूँ समझ में ही नहीं आ रहा है.

खैर मैं इतमीनान से अपने कामों में लग गया था.

एक जरूरी काम से आज मैं घर से बाहर क्या गया कि, मौका ताककर वह मुच्छड़ डाकिया एक लिफाफा मेरे घर दे गया.

तब की बात और थी. तब फिल्म शक्ति जब बनी थी तब गाँव में औरतें पढ़ी लिखी नहीं हुआ करती थी. हाँ पुरूष कुछ परसेंट पढ़े लिखे जरूर होने लगे थे.

पहले सनम भी बहुत कम, न के बराबर हुआ करते थे. और आज की परिस्थिति कुछ और ही है, अब हर गांवों, गलियों और मुहल्ले में एक दो नहीं दर्जनों सनम मिल ही जाएंगे.

ऐसे ही एक सनम ने बिथ फोटो सहित बहुत प्यारा प्यारा सा उत्तर पहुँचा दिया था उस लिफाफे में!

पर्तने ने पढ़ा क्या, भूचाल आ गया घर में, समुंदर का ज्वार भाँटा तो सँभाला जा सकता है लेकिन पर्तने को सँभालना शायद ही किसी के बस का हो!

मैंने अपने हाथों, अपने दोनों पैरों में कुल्हाड़ी मारी थी.

सभी बातों से अनजान जब घर आया तो, सारी ग्रहस्थी आँगन में थी कुछ टूटे कुछ ऐसे, बर्तन अब स्टील के होते है यही गनीमत कुछ समझ में आई.

अंदर गया, मेरे यहाँ कोई मंथरा भी नहीं है, फिर कोप भवन, राजा दशरथ की कैकयी वाला कोप भवन से भी तगड़ा, मैं सुखा गया.

मैंने अपने भोर स्वभाव बस पूछ बैठा, 'क्या हुआ?'

जले में नमक, फिर क्या था, एक हाथ में बेलन और एक हाथ में झाड़ू दे दनादन और जब तक थक नहीं गयीं हाथ रूका नहीं.

फिर सामने लिफाफा था. प्रेषक में तुम्हारी सनम लिखा देखकर मैंने अपना सिर धुन डाला.

मैंने सफाई देनी चाही थी, लेकिन कोई फायदा नहीं, मोबाइल से मायके खबर पहुँच गई थी. और झुरकुन चाचा को भी बुला लिया गया था मुझे बेचारे को कोई पता नहीं था.

अचानक दरवाजे में चार मोटरसाइकिल आकर रूकी. देखकर मैं सनन्रह गया. सास ससुर के साथ ढिलपुच मेरे साला के अलावा उनके गाँव के पड़ोसी दनदना कर अंदर आ गए.

हमारे झुरकुन चाचा, मामले को शांत करना चाहा लेकिन कोई फायदा नहीं हुआ.

एक राहत हुई कि, जब सास ने कहा, 'चल बेटी, हम अभी तुझे ले चलेंगे!'

तब हमारी श्रीमती जी ने कहा, 'नहीं मम्मी मैं यहाँ से हटने वाली नहीं हूँ.'

और उसने खत पढ़ा जिसमें टोटल खर्चे के अलावा लिखा था कि, शहर में कचहरी चल कर कोर्ट मैरिज कर लेंगे.

मेरे तो साँप सूँघ गया.

आखिर मेरा उसका हिस्सा बँट गया. हमसे खाना बनाते बनता नहीं था. हमारी ऐसी तैसी थी और एक घर में रहते जरूर थे, लेकिन वो हमारी तरफ भूल कर भी नहीं देखती थी!

शहर से भाई ने तलाक के सम्मन भी भेज दिया था.

हमारी हालत ख़राब हो गई थी, एक हफते में ही हम सूख कर हर्राइया हो गए थे.

एक दिन एक बाला आई मैंने देखा कि, मेरे वाले खत के लिफाफे की तस्वीर उसके चेहरे से मेल खा रही थी.

मेरी छाती धक् धक् करने लगी, मैं छिप गया.

जाने कब वह चली भी गयी.

मैं अपनी रसोई में खिचड़ी पकाने के लिए तरीका सोच रहा था. कि श्रीमती जी आई, मैं भीगी बिल्ली की तरह मारे डर के दुबक गया.

उन्होंने मेरा कान पकड़ा और कहने लगी, 'बोलो आब किसी को खत तो नहीं लिखोगे?'

मैने नकरात्मक में सिर हिला दिया.

वो बड़ी रोब से कहा, 'चलो!'

और मैं पालतू कुत्ते की तरह उनके पीछे पीछे चल दिया.

बाद में पता चला कि, सनम जी का हमारे पड़ोस में चल रहा था, सो सनम जी ने मेरे खत को उसका खत समझा था, क्योंकि सनम जी ने अपने प्रेमी से नाम ही नहीं पूँछा था.

उनका गुस्सा शांत तो नहीं कम जरूर हुआ था. 'चलो जान बची लाखों पाए, लौटकर बुद्धू घर को आए.

संयोग

उस दिन ट्रेन में काफी भीड़ थी. सभी प्रयागराज गंगा सनन के लिए जा रहे थे.

भीड़ देखकर जनरल में चढ़ पाना नामुमकिन था.

लोग सीपर में घुस रहे थे. मैं भी किसी तरह स्लीपर में ही घुस गया.

मेरे बगल में डरी सहमी सी अल्हड़, करभोरू, जवान लड़की खड़ी थी. साधारण से कपड़े, सलवार कुर्ते में!

फिर भी वह खूबसूरत थी. साँवली सी वह लड़की नाक नक्श से फुरसत से बनाई लग रही थी. बृह्मा की अलौकिक रचना थी वह!

ट्रेन चल पड़ी और अचानक टी सी आ गया और सभी से टिकट माँगने लगा. मेरे पास भी टिकट जनरल वाला था.

मेरा टिकट लेकर टी सी ने कहा, 'चलो!'

मैंने कहा, 'कहाँ!'

टी सी ने कहा, 'रशीद कटवाना पड़ेगा 350 रूपये की!'

मैं समझ रहा था कि टी सी को 100 या 50 रिश्वत के चाहिए, मैं किसी नतीजे पर नहीं पहुँच पा रहा था.

मैं गहन सोच में था कि, उस लड़की ने कहा, 'सर, यह मेरे पिता जी है, जिनका यह वेटिंग टिकट मेरे साथ है!'

टी सी ने उसे घूर कर देखा, मानो उसे चबा जाएगा और कहा, 'फिर यह टिकट!'

'असल में भीड़ में हम अलग हो गए थे, सुविधा के लिए इन्होंने ले लिया था. संयोग कि हम मिल गए, देख लीजिए सुन्दर लाल तिवारी

इनका नाम......!' लड़की की पूरी बात सुने ही टी सी और लोगों को लेकर आगे बढ़ गया.

मेरी ज़बान से बरबस ही निकल गया, 'बेटी!'

'हाँ, बाबू जी! मेरे पापा भीड़ के कारण नहीं चढ़ पाए और मैं किसी तरह चढ़ गई, मेरी परीक्षा है, इलाहाबाद मुझे भी जाना है.

आपसे टी सी कुछ लेना चाहता है, आपकी इज्जत पर धब्बा न आए इसीलिए मैं....फिर आप भी मुझे अपने पापा की तरह ही लग रहे हैं.

मेरे हाथ बरबस ही, उसके सिर पर चले गए और मुँह से निकल गया– 'मेरी बेटी, मेरी बच्ची, सदा सुखी रहो!' और मेरी आँखों से प्रेमाश्रु छलक आए जिन्हें मैं चाह कर भी नहीं रोक पाया.

प्रयागराज जंक्शन पर उतर कर वह अपने रास्ते मैं अपने रास्ते भीड़ में खो गए!

फिर उस प्यारी सी बेटी को मैं नहीं देख पाया तब मेरी अपनी जाई बेटी नहीं होने का मुझे एहसास हुआ.

समय कैसे और कब, किस तरह बीत गया पता ही नहीं चला. मैं उसे अन्य मुसाफिरों की तरह भूलने का प्रयास कर रहा था, लेकिन भुला पाने में असमर्थ था.

एक दिन सतना से मेरे बेटे का रिश्ता आया और मैं बहू देखने गया.

तिवारी जी के साथ बैठक में बैठे कुछ बातें कर रहे थे. कि तभी मेरे कानों में शहद घोलते से शब्द टकराए– 'बाबू जी!'

और मैंने नजरें उठाकर सामने देखा, सामने खड़ी नाश्ते का ट्रे लिए उस साँवली सलोनी सी लड़की को देख मन गदद हो गया.

यह तो वही मेरी बेटी थी जो ट्रेन में.....!

उसके पिता सुन्दर लाल तिवारी ने कहा, 'मिसरा जी, यही मेरी बेटी अपर्णा है! आपके बेटे गोरे है और या मेरी बेटी......!'

वे शब्द पूरा करते कि मेरे हाथ बरबस ही उनके होंठों को बन्द कर दिया.

मैंने कहा,– 'तिवारी, आपकी बेटी मुझे पसंद है!'

'ले ले लेकिन....!' वे शायद दहेज की बात करना चाहते थे.

मैंने बीच में ही कहा, 'कोई शर्त कोई मांग नहीं, मैं अपर्णा को ही अपनी बहू बनाऊंगा.'

और आज मेरी सबसे प्यारी प्यारी बहू अपर्णा है, उसे बेटी कहूँ या बहू फर्क नहीं जान पाया.

मेरी जबान सदा अपर्णा बेटे या बिटिया रानी ही निकालती है और मेरी बेटी मेरा हर तरह से ख्याल रखती है अपनी सास का भी और बाप (ससुर) का भी एक बेटी की तरह!

इसे महज एक संयोग कहूँ या भाग्य!

"पलायन"

यद्यपि उनकी मूँछें कोई नई नहीं थी। न ही गयादीन कोई छोटा लड़का था और न ही उनको पहली बार यह मूँछें देखने को मिली थी।

मगर आज वह उन खड़ी जुझारू मूँछों को देख देखकर पसीना पसीना हुआ जा रहा था। दादू रामफल की आज मूँछें तनी हुई थी। तथा कंधे में दुनाली भयंकर प्रतीत हो रही थी।

साथ में उनका चमचा कहूँ या खुशामदगीर जोखू कंधे में एक मोटी लट्ठ लिए, उनके पीछे ही तना खड़ा था। जिसने लाठी में तीन फेरो का लोहे का मुर्रा बधाया हुआ था। आज यह जोखू, जोखुवा से जोखू बन गया था, इन्हीं दादू रामफल की वजह से।

उनके गरम चेहरे देखकर गयादीन की रूह तक काँप गई। गयादीन ने अंग्रेजों का जमाना तो नहीं देखा था, मगर अपने दादा जी से उस जमाने के जमींदारों व उनके लठैतों की कहानी जरूर सुनी थी।

तब तो उनके दया धर्म भी रहा होगा, मगर सामने खड़ा व्यक्ति रामफल के पास कोई रहम न था, पैसे ही एकमात्र विकल्प थे। बड़ी लड़की की शादी में गयादीन ने उनसे कर्ज में रुपये क्या ले लिए, आफत ले लिया।

अब तक वह सिर्फ ब्याज बस भर पाता था, मूल ज्यों की त्यों थी। वह भी इस बीमारी के कारण साल भर न दे पाया क्योंकि फसल भी अच्छी न हुई थी, फिर कैसे दे पाता इसलिए रामफल ब्याज को भी मूलधन में जोड़कर पुनः पाँच रुपये सैकडे के हिसाब से ब्याज जोड़ने लगा था।

रामफल दादू अपने चलते पहाड़ी के पत्थर चोरी से....

आगे है जोड़ लें ...!

तुड़वाकर बेच–बेचकर व पुलिस की दलाली करके दोनाली लिया और ब्याज में पैसे बांट–बांटकर गरीबों को अपने पैरों की जूतियां बना लिया था। अंग्रेजों के जमाने में कुछ सुनवाई भी होती रही होगी मगर अब तो दादू रामफल जैसों की कौन कहे, निःकण्टक राज्य.....।

"अरे, गया क्या सोच रहा है इतनी देर से?"

गयादीन खूनी, रोबीली आवाज सुनकर चौंका, मानो सोते से जगा हो और दौड़कर अन्दर से एक चारपाई ले आया। जिसमें रामफल सिरहाने और जोखू पयताने बैठ गए। गयादीन अपने रउस में बैठ जरूर गया था फिर भी उसकी पिंडलियां कांप रही थीं।

रामफल ने गयादीन की ओर निहारा तो वह सूखकर बकरी हो गया। क्योंकि गयादीन जानता है कि पहले के गांव गए इस जमाने में तमाशबीन तो खूब हैं, हमदर्दी से बीचबचाव व पंचायती बात करने वाला कोई नहीं है। फिर रामफल दादू को तो सभी दबते हैं। रामफल ने मूंछों पर हाथ फेरा और रोबीली आवाज में कहा, – "क्यों बे गया, अब तक तो ब्याज दे देता था अब तो वह भी बन्द कर दिया, बेईमानी का इरादा है क्या?" "नऽऽनऽऽऽनऽऽ नहीं मालिक, वहऽ वह–वह!" और गयादीन गले में फंसा थूक निगलने लगा।

इतने में जोखू को गुस्सा चढ़ आया। गरीब की गिड़गिड़ाहट में दुष्ट को दया नहीं गुस्सा आता है। और उसने रामफल से कहा, "यह अब देने की नीयत में नहीं है, इसके यह दोनों बैल ले चलें ब्याज तो सट ही जाएगी।"

यह सुनकर गयादीन के आंसू निकल आए, ले देकर बैल ही जीवन के आधार थे, पट्टे की जमीन भी नहीं। वही ४ बीघे अंसिंचित काश्तकारी, अधियाँ बंटाई में काम चलता था, बैल चले गए तो फिर खेत कौन देगा! डसने दोनों के पैर पकड़ लिए–, "नहीं मालिक, पीठ मार लें परन्तु पेट न मारें! मैं जल्दी पैसों का बन्दोबस्त कर दूंगा।"

"काहे में दे देगा रे! अब तेरे बहाने में नहीं सुनना चाहता," रामफल बोला।

तभी बगल में बंधी भैंस देखकर जोखू ने कहा,– "यह पैसे तो कभी देगा नहीं, यह इसकी भैंस भी लेते चलो! ज्हां तक आधा मूल भी निकल आयेगा।"

गया की देह शिथिल पड़ गयी, उसकी भैंस तो अकेले उसके पैसों की दोगुनी थी और वह उसी भैंस के दूध को बेच–बेचकर अपना परिवार पाल रहा था। उसके सामने अंधेरा छा गया। तभी रामफल ने उसे एक धोंसा दिया तो वह दूर लुढ़क गया। गयादीन को चक्कर आ गया और उसकी पत्नी डीडमारकर रोने लगी और उसका एकमात्र लड़का और शादी को बची दूसरे नम्बर की बेटी अपने बापू को उठाने लगे। इधर जोखू ने बैल व भैंस खूंटे से अलग करके हांक लगा दी और रामफल दोनाली कन्धे में लटकाकर जोखू की मदद करने लगा।

X X X X

शाम हो चुकी थी गयादीन के घर चूल्हा नहीं जला था। किसी ने भी हमदर्दी नहीं जताई थी, बल्कि रामफल के डर से कह रहे थे कि, "लोगों को लेते तो बहुत अच्छा लगता है, फिर देते वक्त छाती फटने लगती है।"

गयादीन उदास बैठा था। गोद में उसका इकलौता बेटा था, सामने बेटी व पत्नी। बेटी की ओर देखकर उसकी आंखों से बरबस आंसू निकल पड़ते हैं क्योंकि, 'एक लड़की को उसके ससुराल जाने पर यह दशा हुयी है तो दूसरी को कैसे भेज पाऊंगा, अब।

तभी रामदीन का लड़का आकर उनके पास वहीं आंगन में खड़ा हो गया। नाम था सूरजदीन, वह शहर में पढ़ता था। उसे आया देख गयादीन ने बैठ जाने का इशारा किया।

सूरजदीन ने कहा, "गया काका तुम ऐसा करो, जाकर थाने में रपट लिखा दो। अब तो अपना शासन है, कानून ऐसा करने को नहीं कहता। फिर कोई लिखित कर्ज तो है नहीं, न, ही कोई कर्ज यह शासन द्वारा वैध है, जरूरत पर सरकार कर्ज देती है। रामफल कर्ज देकर, फिर तुम्हारे बैल, भैंस ले जाकर जुर्म किया है। कानून उसे अवश्य सजा देगा।" गयादीन को कुछ सहारा मिला, कुछ आशा जगी। सूरजदीन ने उन्हें समझाया–बुझाया और अपने घर से जो खाना लाया था, उन्हें और उनके बच्चों को खिलाया और वापस अपने घर लौट गया।

गया सबेरे ही थाने जाने का संकल्प कर लिया था। दरोगा मनघूमन सिंह तोमर पाजाम कुर्ते में लिपटे कुर्सी में आसीन कुछ लिख

रहे थे, वर्दी वे नहीं पहन रखे थे। अक्सर वे अपनी हैवी बॉडी को वर्दीमुक्त रखते थे और ड्यूटी के समय ही पहनते थे।

गयादीन जबरापुर थाने ८ किलोमीटर पैदल चलकर पहुंचा था। रास्ते में इस उधेड़बुन में था कि दरोगा साहब मिलें भी या नहीं, मगर दरोगा जी को देखकर उसकी आशा बलवती हो गयी और उसने दरोगा साहब के पास पहुंचकर हाथ जोड़ दिए। गयादीन अपनी जिन्दगी में पहली बार ही थाने आया था, वह यहां के कायदे–कानूनों से अपरिचित था। सूरजदीन ने हालांकि उसे समझाया था मगर वह यहां रोबीले दरोगा जी मनघूमनसिंह को देखकर सबकुछ भूल गया था। दरोगा जी ने उसके उदास चेहरे व मैले कपड़ों पर पैनी निगाह डाली व ऊपर से नीचे तक उसे घूरा, गयादीन का हाथ अब भी जुड़ा था।

"क्या काम है?" दरोगा जी की कठोर आवाज सुनकर गयादीन कांप गया।

फिर बड़े ही विनम्र भाव से गयादीन बोला– "हुजूर, मैं गरीब आदमी लूट लिया गया," और उसने अपनी सारी कहानी सुना दी।

"अच्छा!" दरोगा जी ने बिस्मय से गयादीन की ओर देखा। फिर कहा–, "दरख्वास्त लिखाकर दीजिए। गयादीन सकपकाया और कहा,– "मैं पढ़ा नहीं हूं, साहब!"

"क्या कहा? अरे! गवर्नमेण्ट ने तो सभी को साक्षर कर दिया, फिर तू," दरोगा जी ने मुस्कराते हुए कहा।

गयादीन ने भरे गले से कहा,– "अरे, साहब आप भी,....वह तो कागज पर है।" दरोगा जी तो यह सब जानते थे मगर चुस्की लेना उनका काम था।

उन्होंने अपने परमानेण्ट लेखक नोखे गुप्ता को बुलाया और उसे ५ रूपए दिलाकर कहा,– "तुम बताते जाओ, यह लिख देंगे।"

दरख्वास्त लिख दी गयी, दरोगा जी ने उसे गौर से देखा, मानो तल्लीनता से पढ़ रहे हों।

अब गयादीन की ओर मुखातिब होकर बोले–, "वहां, नीम के नीचे उस चबूतरे में बैठो! मैं रामफल को अभी बुलाता हूँ और साथ में जोखू

को भी। देखना फिर तुम्हारे सामने ही कितना मज़ा चखाता हूं उन दोनों को।"

गयादीन के सामने दरोगा जी न्याय के मसीहा लगे। उसे लगा कि, अब उसकी गाय, भैंस निश्चित मिल जाएंगी। वह चबूतरे में बैठा सामने देखने लगा। उसी के सामने दो सिपाही भेज भी दिए गए थे।

आखिर घण्टों के इन्तजार के पश्चात् जोखू व रामफल को ले आए। दरोगा जी ने उन्हें खूब लाल–पीली आंखें दिखाई, डांटा–डपटा। गयादीन की आशाएं बलवती हुयी जा रही थीं। दरोगा जी तुनककर एक कमरे के अन्दर चले गए। सिर झुकाए, बिनती करते रामफल भी अन्दर हो लिए। फिर, गयादीन क्या जाने अन्दर क्या हो रहा है? आधे घण्टे में ही रामफल निकल आए थे और वहीं बेन्च में बैठ गए थे. जोखू भी उन्हीं के पास बैठ गया। और कहने लगा,– "क्या कहते हैं, दरोगा जी?"

रामफल बोला–, "बड़े साहब बहुत गुस्सा हैं, अन्दर कर देंगे वे छोड़ेंगे नहीं।"

थोड़ी देर के पश्चात् दरोगा साहब पधारे। रामफल ने कहा, "सरकार, कुछ हमारा भी तो सुनिए।"

"नहीं, मैं कुछ नहीं सुनना चाहता, तुम उस गरीब आदमी को.....!"

"साहब, जिसे आप गरीब आदमी कहते हैं, वह गया बहुत ही बेईमान, बदमाश व ४२० आदमी है। फिर श्रीमान् एक गदोरी बजती है क्या?" रामफल ने दरोगा जी को समझाते हुए कहा,– "दोनों पक्षों की बात तो सुनिए।"

"अच्छा! तुम कहना क्या चाहते हो? कहो! गया ओ गया इधर आ।" दरोगा जी ने रामफल से कह गया को भी बुला लिया। वैसे वह कोई दूर नहीं था, उनकी बातें सुन रहा था। मगर साहब का हुक्म, और पास आ गया।

रामफल ने कहा,–"साहब, यह मेरा कर्ज चाहता था, सो न दे पाने पर बैल देने को कहा था, यह देखों लिखा है," एक कागज निकालते हुए बोला। "साहब, यह बैली खुशी–खुशी दिया था, अब लोगों के बहकावे में आकर यहां झूठा आरोप लगाकर भैंस भी जोड़ दिया।"

"साब!" बीच में गयादीन कुद कहना चाहा मगर थानेदार आंख दिखाया, "स्साले यह गांव नहीं है बताने दो!"

रामफल फिर बोला, "साहब, आप माई–बाप हैं, फिर मेरे स्वभाव से तो आप परिचित भी हैं, मैंने कितनों को पैसा दिया हुआ है, कभी किसी को सताता हूं क्या?"

गयादीन लगभग रूआंसा सा हाथ जोड़कर कहा–, "साहब, यह सरासर झूठ बोल रहे हैं, वो.....!" उसकी बात पूरी भी नहीं हुयी थी कि दरोगा जी दहाड़े,– "कुछ नहीं! दीवान जी ओ दीवान जी," तभी सधी बंधी बात को रामफल ने नमक मिर्च लगाते हुए कहा–, "सरकार यह जोखू को मारने के लिए भी कहता था।"

"अच्छा!" दरोगा जी ने आंखें निपोरीं।

तभी दीवान जी आ गए। उनकी तरफ देखते हुए दरोगा मनघूमन सिंह तोमर घूम गए। और हुक्म दिया कि, "जोखू और गया को बन्द कर दीजिए, हवालात में।"

गयादीन खूब रोया गिड़गिड़ाया, कौन था सुनने वाला वहां, अब तो दूसरे भाग्य विधाता दरोगा मनघूमन सिंह तोमर के अधीन था वह।

रात हवालात में काटने के बाद अगले दिन भा0द0वि0 की धारा १०७/७/१८ में अर्थात् शांति भंग होने व झगड़े की उम्मीद में जोखू व गयादीन का चालान कर दिया गया।

जोखू को तुरन्त आनन–फानन रामफल ने छुड़ा लिया। गयादीन को १०७–१६/१७ में भी छूटने में बड़ी मुश्किलें आयीं। किसी तरह सूरजदीन ने एकमात्र गयादीन के औरत की नाक की कील जो वह शादी में मायके में पायी थी, बेचकर किसी तरह मुचलके व जमानत से छुड़ाया था।

सूरजदीन यह खबर सुनकर बहुत ही दुःखी व अचम्भित था, उसे गांव के इस जंगल राज से बहुत ही घृणा हो गयी। बहुत अच्छी तरह से वह समझता था कि, "उच्चाधिकारियों के पास रोने से कुछ होने वाला नहीं, पहले तो वह अपने अधीनस्थ दरोगा जी की रिपोर्ट ही मानेंगे और ज्यादा फटफटाने में यही होगा कि, मुकदमा, इश्तगाशा आदि चलाओ तो गयादीन के पास खाने को नहीं है पैसा कहां पाएगा? फिर रामफल के सामने गवाही कौन देगा? वह यह भी जानता है कि,

इस १०७–१६/१७ में ही जोखू पेशी में कभी नहीं जाएगा, उसे कोई नहीं पूछेगा मगर गया काका एकबार भी चूके कि समझलो वारण्ट पुलिस आफत कर देगी।

वह घर से निकलकर गयादीन के घर की ओर चल दिया। सूरजदीन ने देखा, गयादीन बाहर के दरवाजे में ताला लगाकर अपनी देहरी को माथा टेक रहा है और पत्नी व बेटा–बेटी उदास बाहर खड़े हैं। थोड़ा सा सामान गठरी में बंधा है, जिसे गया, काका उठा लिए हैं और एक फावड़ा को कंधे में लटका लिए हैं। उसे देखकर आंसू निकल आए सूरज की आंखों से, आंसू पोंछकर वह गया काका के बढ़कर पैर छू लिए।

गयादीन की आवाज भर्रा गयी, आशीष के शब्द अन्दर ही रह गए, आंसू की दो बूंदे सूरज ने पीठ पर महसूस की। सूरज जानता था कि, अब गया काका का मन गांव की कीचड़ भरी नीति से ऊब गया है, घृणित हो गया है।

"कहां जाओगे, काका?" सूरज ने भरे गले से प्रश्न किया।

"बेटा सूरज, कहीं चला जाऊंगा, तुम तो जानते हो, पढ़े लिखे हो कि, जब गांव का कमजोर तबका न्याय के लिए थाना अदालत जाता है और उसे न्याय नहीं मिलता तब वह मजबूर होकर या तो क्रोध, ग्लानि से इस ससाज से जबरन बदला लेने के लिए बंदूक उठा लेता है, फिर बीहड़ में जाकर बन जाता है दस्यु सम्राट! या फिर हारकर झुक जाता है और घुट–घुटकर जीने को मजबूर होता है, या फिर पलायन करता है शहर की ओर!" यह कह भारी कदमों से गयादीन चल पड़ा। सूरज जानता है कि गया काका शहर जाकर मजदूरी करना ही अच्छा मानता है। आज गांव से एक घर, एक परिवार और टूटकर शहर की ओर पलायन कर गया है। उसकी थोड़ी सी जमीन यही रामफल वगैरा ले लेंगे।

वह खड़े–खड़े गया काका को तब–तक देखता रहा जब–तक वे नजरों से ओझल नहीं हो गए। एक सूरज ही उनका व्यथा समझता था, बाकी सभी मस्त थे अपने–अपने कामों में! उन्हें क्या पता कि, एक एक करके रामफल इसी तरह घर खाली कराता रहेगा और गरीब अन्याय के प्रति एकजुट न हो पाएंगे।

सूरज ने अपने घर जाकर अटैची उठायी और चल पड़ा शहर की ओर, मां के पैर छूकर! गांव से बेहद प्रेम, हमदर्दी के बावजूद भी वह नहीं रह पा रहा यहां। गयादीन की मदद के कारण रामफल सूरजदीन से भी जलने लगा होगा। सूरज समझ रहा था कि इसीलिए ईर्ष्या–दोष के कारण गांव टूट रहे हैं और शहर बढ़ रहे हैं, लोग हजारों परेशानियों के बावजूद भी शहर में शुकून मानते हैं, और शहर की ओर पलायन करते हैं।

मनटोरिया

सुन्दर नाक–नक्श वाली मह श्यामा साधारण से गांव की दुलरी और इकलाई में सहज ही आकषक लगती थी, फिर जवानी मन को आकर्षित करती ही है अगर नयन नक्श अच्छे हुए तब तो कहना ही क्या है। छरहरा बदन नाभी अन्दर की ओर घसी मानों दरिया में भंवर पड़ रही हो ऊंचे उठे स्तन बड़ी बड़ी आंख गेहुआ बदन एवं दूसरी बात सबसे भले जवानी के रंग से रंगे गालों में लालिमा छा गयी थी और बिना किसी साज लिपिस्टिक के लाल लाल दुपहियों के फलों की लालिमा को लज्जित करते होंठ तथा ऊंचे उठे हुए नितम्ब, पतली कमर में बंधी इकलाई और बण्डी से ढ सख्त तन बार बार बण्डी को फा कर बाहर आने को उताबले थे।

वह मजदूर कन्यां पत्थरों को सिर में रखकर जब चलती थी तब उसके अंग अंग की बनावट और उभार साफ झलकता था और जब पानी से भरा घड़ा सिर पर रखती तब उससे छलकता पानी उसे भिगोकर और उसे कमसिन बनां देता भीगी बण्डी से सख्त तन झलकते से नजर आते थे और एक आबार। सिर की लट जो उसके जूड़ से अलग हो गयी था, शायद यह करतूत छलकते पानी की रही हो या उस निवंयी घड़ें की हो। नहीं तो उसने सारे बालों को इकट्ठा समेटकर कसकर बांध लिया था, फिर भी यह नटखट पानी एक लट को शायद निकल जाने के लिए मददगार हो गया था, क्यों कि भवरा तो सदा फूलों का रस लेने को उतावला रहता है तभी तो वह सख्त काठ की कैब को भी काटकर निकल आता है. मगर पुष्प की उस कैद को जिस कमल पर वह मुग्ध होकर रसा रू वादन में लग गया कि सूर्य अस्त होने पर वह कली बन्द हो जाती है परन्तु प्रेम में विहवल कैद भंवरा उसी तरह अन्दर सारी रात कैद पुष्प की डाली को डुलाता रहा। मगर उसे कोमल कली को भूलकर भी काटकर निकलने की कोशिश नहीं की क्यों कि वह उसे प्यार करता था, जबकि मोह से प्रेरित उसकी भी सारी रात उसी काली का चक्कर लगाती रही थी सीतन सी प्रेम में भौरे न कर्तव्यों को भी अलग कर दिया था क्योंकि कर्तव्यों तो बाद की चीज है प्रेम ईश्वर ने पहले बनाया था तभी तो वह आवारा लट उसके नयनों को स्पर्श करती उसके गालों को सहला रही थी और उस मजदूर बाला के बार बार अलग करने पर भी नही

हटती थी और उसके कपोलों को चूम चूम लेती थी जैसे मदमस्त भौंरी हबा के बार बार थपेड़ों से अलग होकर फिर उसी कली में बैठ जाती हों।

यद्यपि और मजदूर बालायें थी, चचल, शोख, जवान और कमसिन मगर उसके आगे सभी फीके लगते है कारीगरों की कन्निया हथोड़िया रूक जाती थीं और बेलदारों की सांसे ऊपर की ऊपर नीचे की नीचे रह जाती थी मगर सभी ठेकेदार के डर से चुप ही रहते कभी एकाधबार मौका लगने पर मजाक कर लेते कोई आहे ही भर लिया करते सब कुछ जानते हुए भी षोष वर्षीया बाला चुप रहती पापी पेट का सवाल जो था जमीन जाएदाद थी ही नहीं सारा खर्च मजदरी से ही चलता था आजाद देश भी अभी यह मजदूर इस गांव में गुलामी से भी बबतर थे सभी अंपढ़ थे ही कुछ जानते तो है नही, कलुआ अक्षर भैंस बरोबर।

दिन भर की दिहाड़ी वही दस और बारह रूपये रेजाओं की और पन्द्रह रूपये बैलदारों की। काम भी नहीं मिलता कर्ज से काम चलता या फिर भूखें ही सो जाना दो चार बीघे पट्टे की जमीन थी सो भी कर्ज में गिरवी थी महाजन के पास अब उसकी शादी के लिए फूटी कौड़ी भी न थी दो बड़ी बहनों की शादी का कर्ज अभी तक पटा नहीं सके थे फिर भी शादी में भोज देना जरूरी हैं नहीं कल कौन इनको भी पूछेगा? सारी मुसीबतों को ध्यान में रखकर वह चुपचाप काम करती थी उसके बराबर कोई बेलदार मेहनत नहीं करता था, काम वह सब से अच्छा और ज्यादा करनी थी इसीलिए ठेकेदार एकाध लेमदार ही रखता था नहीं तो रेजा सभी काम कर लेते हैं, पैसों की बचत हुई और काम भी अच्छा हुआ।

इस छोकरी का नाम था मनटोरिया जिसे लोग मन्टू कहकर पुकारने लगे थे यह जब पेट में थी तभी से आशाये थीं कि इस बार लड़का ही होगा। मगर हुई फिर से ही लड़की। गरीबी और कुपोषण एवं लड़कियों की चिन्ता में डूबा पिता कह पड़ा बिटिया ने मन तोड़ दिया बस नाम मन्टोरिया पड़ गया परन्तु थी खुबसूरत गांव के बड़े घर की लड़कियां उसके सामने बेकार लगती थी बचपन से ही। फिर पिता का साया उठ गया था और मां की ममता ही इन्हें जिलाए रही। यह लड़की होकर भी लड़को से कही अधिक कमाऊ पूत निकली लड़के बहुत कम इतने इमानदार होते हैं।

दूनाली कन्धे पर टांगे और लम्बे कुर्ते, पजामे में लिपटा अधेड़ वही चालीस पतालीस का ठेकेदार जब जब मठू गुजरती उसे ही देखता रहता अपनी बिल्लौरी आँखें उसपर गड़ा देता जैसा कच्चा ही खा जाएगा अगर अकेली पा गया तो। अपने भूरे मूछों में हाथ फेरकर मानों उन्हें आश्वत करता कि, घबराओं नहीं काम होगा कभी कभी मन ही मन बड़बड़ाया करता साली नखरे जोतती है बहुत देखी है नखरेवालियां हाँ।

मठहा बिलार की तरह ताकता ठेकेदार अपने होंठों पर जुबान फेरने लगत कभी कभी मन्टू के आगे पीछे होता रेजा आपस में स्वाभाविक हास परिहास करती हसती तब तो ठेकेदार मगव होकर ताकने लगा, मौका ही नहीं देती थी मन्टू कुछ कहने का।

कभी कुछ कभी कुछ देने का प्रयास करता तो मन्टू उसे ठुकरा देती तब ठेकेदार मन ही मन बबड़ाने लगता गरीबी थी मजबूरी थी और समय का चक्कर या नहीं तो मट काम कब का बन्द कर चुकी होती ठेकेदार को तो वह देखना तक पसन्द नहीं करती थी, और कोई काम भी नहीं या मन्टू की मां कहती कि यह स्कूल हमारी भाग्य से बनने लगा है, वर्ना गांव में काम ही कहां मिलता मर जाते भूखों।

ठेकेदार लालच दिखाने को एकाधबार हिसाब में से रूपए अधिक दे दिए मन्टू पढ़ी लिखी जरूर न थी मगर एक–एक दिन का एक एक पाई का हिसाब लगाए रखती थी उसके हिसाब में कोई गलती भी नहीं हो सके. तो भी चाहे पढ़े लिखीं को भूल हो भी जाती।

मन्टू ने झट ठेकेदार से सभी के सामने साफ कहा था बाऊ यह आपका ज्यादा है।

ठेकेदार अनभिज्ञता प्रकट करते हुए कहता–'लिए रहो। जब तुम्हारे भाग्य भूल हो हो गयी नही..... ।,

वह और भी कुछ कहता कि मन्ट बात काट देती–दाऊ मैं अपने की कमाई के अलावा धला नहीं लूंगी।' खिसियाया बन्दर ना ठेकेदार चुप ही रहता। अब मन्टू को अकेले पाने की ताक में रहने लगा। एक दिन जबरन मटू को लिपटाने की कोशिश करने लगा, फिर भी वह चुंगल से छूट गयी। उसने मां से भी कहा वह भी खून के आंसू बहाकर रह गई गरीब जो थी।

गरीब की इज्जत सस्ती होती है क्या? मन्टू के प्रश्न का कोई उत्तर न था। असुश्रों के सिवा उसकी मां के पास।

उस दिन तो वह बिल्कुल ही लुट जाती अगर वहां बिज्जू न पहुच गया होता। बिज्जू हां वही विजय गांव के सम्पन्न जमीं दार ब्राह्मण का लड़का इलाहाबाद विश्वविद्यालय में पढ़ता था उसे जो अपने गांव की मन्टू में नजर आया था शहर की किसी में बिल्कुल न था। वह सब कृतिम बनावटी था। ऐसा नहीं था विजय खराब रहा हो। उस की ओर कालेज की एक से एक हसीनाए आकर्षित थीं मगर वह सभी की उपेक्षा कर दिया करता था। गांव के सम्पन्न घरों के रिश्तों को दुत्कार दिया था उसने।

वह मन्टू को दिल से बहुत दिनों से प्यार करता था। उसका प्यार समुन्दर से गहरा और चांदनी से भी शीतल था। वह सारी सीमायें एवं बन्धनों को मन्टू में न्योछावर कर देना चाहता था।

मगर मन्टू को तो अब हर निगाह पर शक था, उसे हर निगाह गलत लगती थी। वह सभी से दूर रहती उदास–उदास सी कई बार छेड़ा छाड़ी में कितनी ही मजदूर लड़कियों के समझाने के बावजूद भी वह इज्जत को बचाए थी। फिर भी उसकी बदनामी हो चुकी थी। बिरादरी ने साफ कह दिया था कि, भोज दो तब कहीं कोई ऐसा वैसा, दूजा ब्याहा इससे शादी करेगा और कोई कुआंरा जवान थोड़े नइस से ब्याह रचायगा। यही मन्टू के उदासी का कारण भीं था।

विजय कई कई बार उसे हंसाने को अनेक चेष्टाय करता। मन्टू इन सभी हरकतों को वासना का आकषण मानती, उसे हर कोई में वही ठेकेदार नजर आता पैसे वालों से तो वह दूर से ही चिढ़ती थी। विजय की भी बदनामी होने लगी। विजय ने इस सबसे बेखबर सामाजिक ठेकेदारों से साफ साफ कह दिया था कि, मुझे मन्टू ही चाहिए। वह उस से एक तरफा प्यार करता ही रहा जो उसकी पूजा भी था निश्चल प्यार। इन बातों से मन्टू की ओर बदनामी होने लगी इसका परिणाम यह हुआ कि विजय को घर से और बिरादरी से अलग होना पड़ा थोड़ी सी जमीन के साथ। मन्टू की गली चलना दूमर हो गया। उसे हर किसी से ताने सुनने पड़ते।

वह हार चुकी थी और एक बिन उसके सहन के बाहर हो गया और उसने फांसी लगाकर आत्म हत्या कर ली। यह खबर आग की तरह फैल गई कि मन्टू ने आत्महत्या कर डाली इस निदेयी समाज के

कीड़े अब भी हस रहे थे। वह अब भी लक्षित थी ली को ठेकेदार ने दुत्कार दिया होगा तभी तो--।' लोग और भी न जाने क्या क्या कहते रहे।

जहां वह दफनाई गई थी एक व्यक्ति अब वहां जाता है विजय और ऊपर वाले से कहता है, गरीबी और बेटी एक साथ नहीं देना खुदा बन्द। मनटोरिया उसका मन तोड़ गयी थी फिर भी उन नीवों का मन नहीं तोड़ सकी जो ऊचा कहते हैं अपने आपको पैसे के बल पर। परंन्तु उनके कर्तव्य सभी से नीचे हैं।

विजय पर क्यों हंसते हैं यह निदंयी जाहिल एवं जालिम लोग क्यों कहते है उसे पागल? यह जो समझते हैं कि, वह ऊंचे लोग हैं तो नीच विचार के कोई ऊंचे नहीं होते। वे क्या जानें धन–मोल रतन हीरे की पहचान।

सुफल

महापात्र पंचगभ्य यानी नवीन हाड़ी में पकी खीर खाकर अपने असली रूप में आ गए थे। सवत्सा गौ, पत्लंग बिस्तर सहित बर्तन फूल पीतल आदि सहित पूरा गृहस्थी का सामान और मृत आत्मा के लिए साल भर का भोजन जिसे वे सुविधा के लिए बरषासन कहते हैं यानी कि करीब ४ कुन्तल अनाज नमक तेल सहित सभी अन्न। सांगिता छपिण्डी का अलग नगद रूपए पूजा में और मेरे अन्दाज में यही कोई १५ हजार से अधिक का खर्च रहा होगा। वहाँ दान के नाम पीपल तले फिर भोजन के बाद सुफल की बारी थी। यही अटका दिया उस विधवा गरीबन की उस पर एहसान भी कर रहे थे। कहते थे–हम साल भर का काम एक ही दिन में उत्तम–मध्यम करा रहे हैं। फिर हमें संतुष्ट तो तुमको करना ही होगा।

मेरे मन मस्तिष्क में हलचल सी मची थी। मैं अतीत की गहरी खँई में डूबने उतराने लगा। मेरे सहित वहाँ उपस्थित सभी को उस व्यक्ति के हैसियत का पता था। वह जिसे ये महापात्र अब प्रेत कहते हैं अकथनीय पारिश्रमिक व्यक्ति था। माता–पिता दुलारसे उसे बाबू कहते थे। अभाव के कारण वह पढ़ नहीं पाया था। पत्नी के आलावा तीन बेटों के परवरिश का भार था उस पर बेटियाँ, बेटों से बड़ी थी। अब सयानी भी हो चुकीं थी। जमीन भी थोड़ी थी जो वर्षा पर ही निर्भर थी। दिन–रात हाड़तोड़ मेहनत के बावजूद पढ़ायी, कपड़ों यहाँ तक की भोजन की व्यवस्था में भी बाधा थी। बेटियों की पढ़ायी उसे कक्षा पाँच के बाद ही रोक देनी पड़ी थी। बड़ी बेटी १६–२० वर्ष की हो गयी उसके बाद की बेटियाँ सयानी हो रही है। अब पति–पत्नी दोनों खेतों में काम करते फिर भी पूरा नहीं पड़ता था। किसान क्रेडिट कार्ड के द्वारा कर्ज लिया था वे पैसे भी बेटी के वर तलाश में खत्म हो गये। किसी तरह बिरादरी में एक जगह लड़का मिल गया, दहेज के लिए उसने नात–भाई, गाँव के साहूकारों से कर्ज ५ प्रतिशत ब्याज की दर से लिया और धूम–धाम, शान से ब्याह किया। अपनी जान से प्यारी बिटिया को विदा किया। सभी खेत गिरवी रख दिये थे। लाखों रूपये के कर्ज में डूब गया सीधा–साधा बाबू, गांव का गबरू। वह गुजरात, महाराष्ट्र न जाने कहाँ–कहाँ दूर दराज मजदूरी के लिए भटकता रहा। बाबू पढ़ा लिखा भी नहीं ठेठ गंवई की हिन्दी, बुन्देलखण्डी ही बोल

पाता था वह। ४५–५० की उमर फिर भी जी तोड़ मेहनत करता था वह जब कभी पत्नी को फोन करता यही कहता– "मेरी बेटियों को त्योहार में सभी अच्छी चीजें खिलाना, पता नहीं वे कहाँ जाती हैं, ससुराल में कैसे लोग मिलते हैं।" पत्नी के आंशुओं को जान जाता था वह, और कहता, "पगली रोती है, मैं खेत छुड़ा लूंगा इस साल, पानी बरसेगा हम सभी साथ–साथ रहेंगे। और पैसों की जरूरत हो उस बार बाबू एक दलाल के कहनक पर भोजन व अन्य तो मास्टर साहब से ले लेना, आकर मैं चुकता कर दूंगा। मेरे बच्चों को, मेरी बिटियन को किसी चीज की कमी नहीं होनी चाहिए।"

दक्षिण में हिन्दी भारतीयों के ऊपर मराठियों का डण्डा चटका, किसी तरह यह भी भाग आया था। कर्जदार व्यक्ति को चैन कहाँ, रातों की नींद, दिन का चैन खो जाता है। फिर भी एक अच्छी समझदार पत्नी, बेटियाँ, बेटे पाकर बाबू हार नहीं मानता था। पैसे कमाने, कर्ज भरने की धुन सवार थी उस पर। दक्षिण बन्द देख वह उत्तर की ओर चल पड़ा था। घर में भी पापा की राह तकते बच्चे, पति की राह तके पत्नी, सदा खुश दिखते थे। जरूरी खर्चो के अलावा ३५ सौ रूपये माहवारी पर काम करने अन्य मजदूरों के साथ वह भी दिल्ली, हरियाण, पंजाब के ईंट भट्ठों में गया था। महीने भर हुए कोई संदेशा, कोई फोन नहीं आया था। उस दिन मुहल्ले में उत्सव था। उसकी पत्नी बच्चों सहित सभी मुहल्ले के लोग खुश थे। कि एक पड़ोसी का मोबाइल फोन बजने लगा। उसने फोन का बटन दबाया और बोला, – "हलो!"। उधर से आवाज पुलिस इन्सपेक्टर की थी और फिर उसने जो कुछ कहा वह हृदय विदारक था। गान, तान आदि सारा उत्सव रूक गया, फिर पूंछा गया, लाश का हुलिया बाबू का ही था। जो दिल्ली पुलिस को सड़क पर मिली थी। जेब में डायरी थी जिसमें उस पड़ोसी का मोबाइल नम्बर लिखा था।

बाबू की पत्नी पर पहाड़ टूट पड़ा था। आज उसी का ग्यारहवां दिन 'करम' का था। पुनः उसे लूटा जा रहा था। परसों तेरहवीं भोज अभी बाकी था। बच्चों को खाने के लिए अनाज का दाना नहीं बचा था। परंतु महापात्र को देना जरूरी था। तभी सुफल की आवाज आई, मेरी तन्द्रा भंग हुई। ट्रैक्टर बुलाया गया, सामान लादा गया। गाय, बछड़े सहित वे चल पड़े। ५०१ रूपये बिदाई देकर आशीर्वाद लिया गया। बाबू की मृत्यु के साथ ये पोंगापंथी लोग जीवन भर के लिए उसके पूरे परिजनों को गिरवी कर दिये हैं, काई मदद करने वाला नहीं है। जमीन जो भी थी उसी को बेंचवाकर कर्जा देने की चर्चाएं अभी से

गर्म थीं। मैं जान चुका था कि, औने–पौने अब बाबू की जमीन बिकना ही बिकना है। लड़कियों को किसी गरीब, अपहिज के गले पड़ना ही पड़ना है। बाबू का ख्वाब उन्हें रानी बनाने का था। जो पूरा नहीं हुआ अब उसे नौकरानी से बदतर जीना होगा।

वे लुट चुके थे, पूरी तरह, इस सुफल के चक्कर में!

सगुनियाँ

कहते हैं खुशी की रात जान ही नहीं पड़तीं की कब कट गयी, और दुःख की रात पहाड़ सी होकर काटे नहीं कटती, यही हालत थी शगुनियाँ की। सामने पति की चारपाई बिछी थी, जो आज महीनों से बिछी ही रहती है. चारो ओर सन्नाटा है, अड़ोस–पड़ोस के लोग गहरी नींद में सो चुके थे, यही एक दिन का हाल होता तो ठीक था, मगर जो इस तकलीफ को महीनों से सहती आयी हो उसकी हालत की कल्पना से ही रौंगटे खड़े हो जाने स्वाभाविक है।

सगुनियाँ का पति, छेदी लाल जो तपेदिक, (टी.वी.) से पीड़ित तो बहुत दिनों से था परन्तु कुछ दिनों से उसने चारपाई ही पकड़ ली थी, ढ़ेरों बलगम साफ करने का उसे कष्ट नहीं था, मगर अपने किए का पछतावा उसे निचोड़े डाल रहा था।

'पानी'! पानी माँगने में पूरी ताकत लगाया था वह छेदी ने फिर खरखराहट में हल्की ही निकली थी उसकी आवाज, इधर वह दो–तीन दिनों से ज्यादा ही सीरियस हो गया था, सगुनियाँ ने उसे पानी पिलाया और पुनः पौढ़ा दिया, अपने चार साल के बेटे को व हाल में जन्मी बेटी को देखकर एक धक्का सा उसे लगा. उसकी आँखों से अश्रुधाराएं निकल पड़ी थी।

उसके कानों में धनपत के माँ की बात गूजने लगी, जो उसके मुँह में आज ही कहकर गयी थी कि, – 'चाहे मर्द हो या औरत, अपने किए का फल तो उसे भोगना ही पड़ेगा'। सगुनियाँ का तन–मन जलने लगा, उसके आँसुओं में उसका बचपन, फिर जवानी उतर आयी, बीती बातें प्रतिबिम्बित होने लगीं, जब उसके बाप ने अपनी हैसियत के अनुसार, बहुत ही प्यार से बिवाह करके एक भैंड़े, काले–कलूटे व्यक्ति के साथ बिदा किया था, वह व्यक्ति देखने में जरूर अच्छा नहीं लगता था परन्तु वह पूर्णतयः स्वास्थ्य व मन का अच्छा–भला था। सगुनियाँ तो अत्यन्त सुन्दर थी उसे अपने दोहरे बदन व सुन्दर शरीर का बेहद गुमान था, सगुनियॉ एक दिन यहाँ, इस पुखा में अपनी बहन के यहाँ आयी थी, उसके बहन के घर कोई काम था, उसका जीजा, जिसे वह बहनोई कहती थी, ह्रष्ट–पुष्ट व देखने–सुनने में ठीक–ठाक एक

बाँका–सजीला जवान था, बहन दुबली–पतली, बहुत ही सीधी–सादी, भोली–भाली थी। बहनोई छेदी लाल उसे पगलिया कहकर ही पुकारता था, छेदी अपने पुखा का दादा आदमी था, उसकी बदमाशों में भी अच्छी पकड़ थी, और वह पुलिस का भी विश्वासपात्र आदमी था, तभी तो रिकार्ड गड़बड़ होने के बावजूद भी उसी को गाँव का चौकीदार बना दिया गया था, गाँव के अच्छे भले दादा, जमींदार उसका लोहा मानते थे। बहनोई छेदी व साली सगुनियाँ, मसखरी का नाता, एक दूसरे के करीब आते गए. हँसी–मजाक बातों से मिले दिल, शरीर! दोनों ने एक दूसरे को अपने के अनुरूप पाया और किसी की परवाह किए बिना छेदी ने सगुनियाँ को रख लिया, गॉव के मुखिया, नम्बरदार, सरपंच सभी छेदी के दोस्त थे, लाख पंचायतों के बाद भी सगुनियाँ जीजा जी के पास रही और अपने ब्याहतें को दो टूक शब्दों में कह दिया,– 'यहाँ से चले जाओ, नहीं तो खाल उधेड़वा लूँगी' नंगा से सभी डरते हैं, छेदी की नंगई, गुण्डागिरी से वह बरा–ब्याहा डर गया और वापस हो गया।

कहावत है– 'मियाँ–बीबी राजी तो क्या करे या काजी।' बात आयी गयी हो गयी, सुख के दिन न जाने कैसे रफूचक्कर होते गये और इसी बीच सगुनियाँ ने एक बच्चे को जन्म दिया, उसकी बहन पगलिया ने उसी की खुशी में खुशी मनायी। कहते हैं ईश्वरीय विधान अलग ही होता है, एक दिन छेदी के मुँह से लीटरों खून निकला. सगुनियाँ और छेदी ने अपने देवों को बुलवाया, देव ने कहा,– 'मूठ (मारणमन्त्र) दुश्मनों ने भेजा था मैंने थाम लिया है, पक्की पुजाई, व बकरा चाहिए'। पक्की पुजाई में काफी कुछ खर्च हो गया, सभी खुश थे, मगर अन्धविश्वासों में मर्ज तो हटता, घटता नहीं। वह तो बढ़ता गया मोटा–चौड़ा छेदी का शरीर घटता गया, अब उसे काफी तकलीफ महसूस होने लगी, कुछ लोगों ने उसे डाक्टर व दवा की सलाह दी परन्तु वह देवों, अंधविश्वासों में उलझा रहा। रोग को ठीक होता न देख आखिर में डाक्टर के पास ले गए, पैसों की भी कमी थी, इक्सरे में एक फेफड़ा पूर्णतयः गल चुका था, टी.वी. ने जकड़ लिया था। उससे सत्यता को इसलिए छिपाया गया कि कहीं यह घबराकर ही न दम तोड़ दे, इसी दरम्यॉन सगुनियॉ ने एक बिटिया को भी जन्म दिया, अब तक घर के सारे जेवर, जमीर बर्तन तक बिक गए थे।

सौतिया डाह भलाई होठों पर न आयी हो, अर्न्तमन पगलिया का जलता रहा होगा ही, मगर पति प्रेम ने पति का इस स्थिति में देख वह और भी टूट चुकी थी। पर सगुनियाँ बच्चों का बोझ व अपने किए के पछतावे में दोहरी हो रही थी, वह क्या–क्या करती, बच्चे संभालती या

पति छेदी को, या फिर पेट के लिए जंगल से लकड़ियाँ लाती, बहन पगलिया दिन में जंगल से लकड़ी लाती तो वह थककर चूर हो जाती और आटा–डाल उन्हीं लकड़ियों को बेचकर लाती, रोडियॉ सेंककर खिलाती फिर सो जाती, बेहोश सी होकर। नन्हीं बिटिया रो पड़ी, सगुनियाँ की तन्द्रा भंग हुई उसे यह पता नहीं चला कि, वह सोयी थी या कहीं खोयी थी, यह तो आज दो दिनों से उसे ऐसा हो रहा था, परन्तु आज का सबेरा उसे भॉय–थाँय, डरावना सा लगा, बेटा भी जाग चुका था, पगलिया उठकर चूल्हे की राख साफ करने में जुट गयी थी, उसने छेदी की ओर निहारा, छेदी के शरीर में हलचल सी हुई फिर स्थिर, शांत हो गया शरीर। सगुनियाँ दौड़कर, हड़बड़ाकर उसे हिलाया–डुलाया मगर अब तो पंछी उड़ चुका था और छोड़ चुका था सगुनियाँ के लिए एक पहाड़ सी जिन्दगी, और उस पर एक बेटा, एक बेटी का बोझ।

वह चिल्लाकर रो पड़ी, साथ में दोनों बच्चे भी जोर–जोर से रोने लगे. पगलिया धीरे–धीरे छेदी के मृतक शरीर को के पास आकर खड़ी हो गयी और एक टक उसे देखती रही। आँसू सूख चुके थे शायद, खून ऑसू बनकर बहने लगा था, वह अपने सुहाग के उजड़ने का दोष सगुनियाँ को ही देती थी मगर उसने कुछ शब्द नहीं निकाले पगलिया, जो पति ने नाम दिया था अपना चमन उजड़ा देख, सिन्दूर पोंछा हुआ समझ, वह टूट गयी और धीरे–धीरे बैठकर फिर एक ओर लुढ़क गयी, बेहोश हो गई थी। रोना सुनकर पड़ोसी एकत्र हो गए और उसे मरघट ले जाने की तैयारी करने लगे, छेदी सभी की आँखों में एक प्रश्न छोड़ गया था कि सगुनियाँ के ब्याहने की तो पुनः शादी हो गयी है, उसके बच्चे व वह स्वस्थ्य और आनन्दपूर्वक रहते हैं परन्तु अब सगुनियाँ का क्या होगा? यह अब कहीं असगुनियाँ बनकर न रह जाए।

"बिगड़ैल गोलू"

घरकूँ सियार के लाखों प्रयोगों व बारह पत्थर पूजे एक ही लड़का पैदा हुआ था, जिसका नाम थो गोलू।

एक आँख, एक बेटा बहुत ही प्यारे होते हैं। बड़े जतन से घरकूँ ने उसे पाला–पोसा। बेचारा, अथक परिश्रम करता तब कहीं खाने को होता। अब गोलू की पढ़ाई व अन्य खर्चों के लिए उसे दूसरों की मजदूरी भी करनी पड़ती। गोलू अब बड़ा हो चला था। थोड़ी शान के लिए व गलत संगत में पड़कर लाख समझाने के बाद भी गोलू ने पढ़ाई बन्द कर दी थी। अब वह बिगड़ैल लड़कों की संगत करने लगा था। पिता घरकूँ उसे खूब समझाता मगर वह नहीं मानता था, उसे थोड़ी शान व हैसियत से ज्यादा खर्च करना बहुत अच्छा लगता था।

घरकूँ बहुत परेशान था, वह गोलू को प्यार से अपने पास बैठाता और समझाता,– "बेटा, लम्बू लकड़बग्घा व जीतू लोमड़ बड़े आदमी हैं, अच्छा कारोबार है व राजदरबार तक पहुँच है, उनके लड़कों की शान का तू नहीं हैं। तुम उनके बराबर का खाना, कपड़ों की जिद न किया करो।" बड़े ही प्यार से वह कहता, बड़बड़ाता रहता मगर गोलू कहाँ ध्यान देता। घरकूँ कहता, – "बेटा हम गरीब आदमी हैं, किसी तरह से अपना पेट पालना है। कल को तुम्हारी शादी होगी, बच्चे होंगे तो क्या पहनाएंगे, क्या खिलाएंगे? बेटे, अभी से मेरे साथ चला करो, थोड़ी बहुत खेत का काम देखा, सीखा करो, हम मजदूर तो रख नहीं सकते! फिर बेटा, अपना काम अपने से ज्यादा अच्छा होता है।"

मगर गोलू की समझ में एक नहीं आता था, किसी तरह घरकूँ घर का काम चलाता रहा, मगर अब घरकूँ व उसकी औरत दोनों बूढ़े हो चले थे। अब घर में खाने तक को न था, गोलू को अच्छे कपड़े–जूते कहाँ से आते! इधर ३–४ दिनों से घर का खाना खत्म हो गया था। माँ–बाप ने तो चारपाई पकड़ ली थी, भूख से गोलू की आँखें निकली आ रही थीं। उसके रोज के साथियों ने उससे मुँह फेर लिया था। एक दिन गोलू अपने दरवाजे पर बैठा था कि उधर से भीखू दादा खरगोश निकले, उनके साथ उनकी घरवाली भी थीं। गोलू का सूखा मुखड़ा

देखकर दोनों को दया आ गयी। भीखू दादा ने पूछा– "कहो बेटे, क्या बात है? आजकल घरकूँ भाई नहीं दिख रहे, खैरियत तो है?"

हमदर्दी भरी बातें सुनकर गोलू के आँसू निकल पड़े। उसने बापू की बीमारी व अपनी स्थिति कह सुनायी। "आओ, घरकूँ भाई को देख लें! वह मेरा बचपन का साथी है।" अपनी घरवाली से कहा और दोनों भीतर की ओर चल पड़े। उनकी घरवाली ने फुसफसा कर कहा, – "कहें तो, गोलू को खाना.....!" वह इतना ही कह पायी कि, भीखू ने उसे आँखें तरेरीं और चुप रहने को कहा। "अजीब दोस्ती है उधर....।" इतना ही सोच सकी भीखू की औरत।

अन्दर जाकर घरकूँ के हाल देखकर भीखू को दया आ गयी। भीखू ने गोलू से कहा, – "गोलू, तुम कोई काम क्यों नहीं करते?"

"कहाँ काम मिलता है दादा!" बड़ी, निराशा से भरी आवाज में कहा गोलू ने!

भीखू ने कहा, "अच्छा, यह बात है! तो तुम कल से मेरे खेतों में आ जाना, मेरे साथ काम करना तो मज़दूरी भी पा जाओगे और काम भी सीख जाओगे, फिर अपने खेतों में भी काम करके अनाज पैदा कर लिया करना।" गोलू ने खुशी–खुशी मंजूर कर लिया। अब भीखू अपने घर को चल दिए। घर आकर घरवाली ने पूछा,–"आखिर मैंने क्या बुरा कहा था, जो आपने चुप करा दिया, वह बेचारा भूखों मर......!"

"फिर वही बेहूदगी की बातें!" बीच में ही भीखू ने अपनी घरवाली को समझाया,– "अरी पगली, ऐसी सहानुभूति में वह और बिगड़ जाएगा, कुछ भी नहीं करेगा, इसी में तो वह बिगड़ा है। पंजों की कमाई खाएगा तो उसे भी सुकून मिलेगा और वह अच्छा इंसान बनकर इस वन में रहेगा, आयी बात समझ में! हाँ एक काम और करना" जैसे उसे कुछ याद आया हो और पत्नी को समझाते हुए बोला, – "तुम फिर बाद में जब गोलू काम पर चला जाय तो तुम घरकूँ भाई को व भाभी को खाना खिला आना और उनकी सफाई आदि कर देना, समझी!" "समझ गयी!" दोनों गंभीरता से मुस्करा दिए, और अपने–अपने काम में लग गए।

दूसरी सुबह से गोलू काम पर जाने लगा। भूख से काम नहीं हो रहा था फिर भी लगा रहा, दोपहर को दोनों का खाना खेत पर ही

पहुँच गया। अब गोलू को आटे–दाल का भाव मालूम हो रहा था तथा श्रम करके खाने का मज़ा भी वह जान गया था।

अब गोलू रोज–रोज मेहनत करने लगा, घरकूँ भी ठीक होने लगा था और अब गोलू परिश्रम से दो जून की रोटी भी जुटा लेता था। अब उसे कोई बुलाता तो मतलब की बात सुनता और बाकी,– "फुरसत नहीं है। "कहकर चल देता। अब उसकी शादी भी हो गयी थी, सभी सुखपूर्वक रहने लगे थे।

"जानकी"

हद हो गई इस साल की गर्मी! मध्य जून में सुबह से ही धधकती, जलती आग की लपटों–सी हवाओं ने अच्छे–अच्छे, हरे–भरे वृक्षों को जला डाला था। बहुत से पथिक, बच्चे, बूढ़े लू की चपेट में आकर भगवान को प्यारे हो गए थे, विझकुवा और रामदीन भी चल बसे थे।

इसी लपेट में जानकी भी आ गई थीं, जानकी का शरीर तपे तवे की तरह गर्म था, भारी जलन से वह बेहाल थी। उसे कई बार प्याज का रस पिलाया गया था और सुसका (चने की सूखी पत्तिया) भिंगोकर और तेल–पानी मिलाकर खूब मालिश की गई थी।

जानकी थक गई थी, गोरा बदन स्याह हो गया था, वह अछूत जाति की कोलिन थी, लोगों ने देखा! उसकी और हमारी बिरादरी के लोग! कि मैंने उसे मृत्यु से जूझते समय छुआ है, मालिश भी की है और दवा भी पिलाई थी। अभी वह पूरी तरह होश में न थी, सिर में पानी की पट्टी रखनी पड़ती थी। उसके चेहरे पर शान्ति थी, पलकें बन्द थीं शायद उसे कुछ आराम लगा होगा, जानकी दूर के गाँव की रहने वाली थी, वहाँ जरूर उसका परिवार रहा होगा, मगर यहाँ, यहाँ तो वह अकेली आई थी। उसके कहने के मुताबिक उसके परिवार के सभी लोग मजदूरी करने अक्सर बाहर ही जाते हैं क्योंकि उसके गाँव में कोई धन्धा–मजूरी न थी।

थोड़ी–सी पट्टे की जमीन थी, उसे वहाँ के बड़े आदमी जोतवाते हैं, वह कुछ पाती नहीं, सिर्फ मजदूरी ही एकमात्र उसके जीविकोपार्जन का स्त्रोत था।

वह जब आई थी चन्द फटे कपड़ों में लिपटी थी, सिर पर एक पुरानी टोकरी थी, पहले वह महुआ के फूल चुनने में लगी, फिर आम के बगीचे की रखवाली में लगा दिया था।

वह जो भी रूखा–सूखा पाती उसी में सन्तोष करती, खुराक बहुत न थी, फिर भी बासी–कूसी रोटियाँ भी मिल जातीं तो वह बड़े चाव से, प्रेम से खाती!

उसे कोई बुरा शब्द भी कहता तो सह लेती, उसे किसी के प्रति कोई शिकायत न थी, वह सदा खुश रहती, प्रसन्न रहती, कभी गीत गाती, गुनगुनाती और छोटे–छोटे बच्चों के सङ्र. खेलने लगती।

आम का बगीचा भी देखती, चिड़ियों से गिराए, काटे गए आम इकट्ठे करती और मौका पाते ही लकड़ियाँ भी इकट्ठा करती और हमारे घर तक पहुँचा देती, अन्य छोटे–मोटे काम जो कह दिया जाता वह खुशी मन से कर देती।

"बेटा, वेटवा!" मेरी तन्द्र भद्र हो गई, मैं अतीत से वर्तमान में लौट आया और जानकी की ओर देखने लगा, तभी उसने फिर करीब कराहती–सी आवाज में कहा,– 'का सोचत हो, लाला।" और उसके आँखों से आँसू टपक पड़े।

मैंने उठकर उसके बदन को छुआ, जो करीब–करीब ठण्डा होने लगा था, उसकी जलन कम हो गई थी। इधर सूरज भी डूब गया था, चन्द्रमा अपना दूधिया प्रकाश पूरे जोर–शोर से फैला चुका था।

मैंने सहारा देकर उसे उठाया और पास की झोपड़ी में पड़ी टूटी खाट पर पौढ़ा दिया, और खुद भी जमीन पर उसी के पास पौढ़ गया।

वह टूटी चारपाई मैंने ही घर से लाकर उसके लिए डाल दिया था, वह खुद जमीन पर सोने और मुझे चारपाई पर सोने का आग्रह करती रही, मैंने उसे समझा दिया कि "तुम्हारी तबीयत ठीक नहीं", उसमें यह शक्ति है नहीं कि, मुझे वह उठकर चारपाई पर पौढ़ाए और खुद जमीन पर पड़े।

दूसरे दिन हमारे भाई–चारों ने जो कोई चमारिन रखे थे, कोई खटकिन मगर मुझे वे एकदम सरल और सस्ता इसलिए मानते थे कि मैं किसी माफिया गैद्र से कोई सरोकार न रखकर अपने काम से काम रखता था। अब उच्च वर्ग के तथाकथित मेरे बिरादर ब्राह्मणों ने उसके जाति–बिरादर कोलों को भरना शुरू किया कि, "तुम्हारे जीवन को धिक्कार है, वह सारी रात तुम्हारी जाति की औरत के सद्र. सोता रहा और तुम...... ।"

तब तो किसी ने नहीं सोचा था कि वह मर रही है, उसका उपचार करे, उसे दो रोटी दें। आज सारे बिरादरी के लोग पानी में थे और मुझे बिरादरी से निकाल देने की खुली धमकी दे रहे थे।

उन्होंने कोलों को ऐसे भड़काया कि वे कुल्हाड़ी पर धार निकालकर मेरा शीश काट डालने पर आमादा थे, वे मेरे खून के प्यासे हो गए थे। इससे मेरे जाति के लोगों के कई स्वार्थ सिद्ध हो रहे थे, कोलों को फसाना और मेरी जायदाद हड़पना।

अब वह कुछ चल–फिर लेती थी, अब उसे हर रोज गालियों–धमकियों को सहना पड़ता था, मेरे प्रेम व सन्कोच में वह चुप थी, प्राण अर्पण किए थी, मैंने उससे जब कहा, "जाओ, माँजी अब तुम जाओ।" वह चुप थी मात्र आँसू बह रहे थे, आँखों से! मैंने कहा– "माता, मेरा–तेरा संयोग सिर्फ इतने दिनों का था, तूने मुझे जन्म जरूर नहीं दिया, परन्तु जनम देने वाली माँ की तरह तूने मुझे लाड़–प्यार दिया है, ऐसा लगता है, इतने चन्द दिनों के लिए मेरी माँ मेरे पास आई और वह फिर चली गई–ईश्वर को प्यारी हो गई।" मुझसे भी आगे कुछ कहा नहीं जा रहा था मैंने इन जालिम सामाजिक कीड़ों को लाख समझाया, नीतिगत बातें कही लेकिन तथाकथित यह धार्मिक जो धर्म नही के बराबर नहीं जानते, कहाँ मानने, समझने और सुनने वाले थे।

वह अविरल, एकटक मेरी तरफ देखे जा रही थी, उसके आँसू सूख चूके थे, वह मुझसे शायद मौन रूप से एक प्रश्न कर रही थी, कह रही थी– "मेरा कसूर सिर्फ इतना है कि मैं शूद्र हूँ, कोलिन हूँ, बस न, फिर क्यूँ मेरा–तेरा खून एक–सा है, बनावट एक–सी है, आए एक–सी ही गली से हैं। फिर मुझे तो तूने माँ के सरीके माना था, तू क्यों डर गया इन जालिम शैतानों से, भीड़ के भेड़ियों से? बेटा, मत छोड़ तूँ मुझे, मत छोड़। हाँ, जो मैं तेरे पास रही तो तेरे बेटे–बेटियाँ नहीं ब्याही जाएँगी, है न! परन्तु मेरा आशीर्वाद है, वे दिन–दूना, रात–चौगुना बढ़ेंगे, उन्नति करेंगे, बेटा! जब तूने कह दिया है तो जाऊँगी, अवश्य जाऊँगी, फिर तू बुलाएगा तो भी नहीं आऊँगी......।"

विचारों में खोया मैंने महसूस किया कि वह तो चुपचाप बैठी है, मैंने उसे छूना चाहा तो वह अपने–आप एक ओर को लुढ़क गई, पास जाकर उसे झकझोरा तब तक वह जा चुकी थी सदा के लिए, दूर, बहुत दूर। जहाँ पर कोई जाति, कोई धर्म, कोई मनुष्य उसे नहीं छू सकता था, नहीं देख सकता था। मैं चुप था, सारे पक्षी चुप थे, सारा वातावरण शान्त था, हाँ गाँव की बस्ती के भीड़ का, कौवों का कोलाहल जारी था।

"क्या पाया क्या खोया"

सर्व साधारण को सूचित किया जाता है कि कल शाम एक अदद सतीश चन्द्र मिश्र मधुर, मधुर मुनक्का लीले हुए बस स्टैंड में पाया गया है, जिस किसी का हो प्रमाण देकर ले जाए।

जब अपने ही दुश्मन हों!

शाम होने में अभी समय बाकी था, गांयों के खुर से उड़ी धूल मानो आकाश तक छा गयी थी, अस्ताचल की ओर भाष्कर बढ़ रहे थे, गोधूल से आसमान पर सूर्य ऐसे दिख रहे थे, मानो श्याम वर्ण पर किसी कलाकार ने अपनी कृति ऐसे बनाई हो, जैसे कोई श्यामा–सुन्दरी अपने प्रियतम से मिलने को आतुर हो, परन्तु यह मध्य भाल पर शोभित प्रकृति की टिकुली, मिलन में बाधक हो।

गांव के इन सुरम्य दृश्यों में कौन जाने कितनी पीड़ा भरी है, जो कितने प्रियों के मिलन में बाधक है, इन्हीं बातों को सोच 'दस्यु सम्राट्' अपने खेमें की ओर चल पड़ा चारों तरफ कंटीली झाड़ियों में कैद, खेमें में शाम न होने पर भी अँधेरा था, सरदार को चिन्तित देख सभी डाकू सावधान हो गए, दस्यु सम्राट् एक चट्टान पर बैठ गए।

सहसा सूरज सिंह ने प्रवेश किया, "कहो सूरज क्या समाचार लाए!" सरदार गम्भीर आवाज में पूँछा, "सरदार हम, और हमरे गाँव कब आजाद होंगे?" सूरज ने कहा।

"कहो क्या बात है?" "सारे गाँव आपकी प्रशंसा करते हैं, कहते हैं. 'देश तो आजाद हो गया पर गाँव आजाद नहीं हुए,' आपकी भी इस प्रशासन ने डाकू बनाया, डाकू होने के बाद भी आप देखता हैं किसी की इज्जत नहीं लूटी, किसी गरीब को नहीं सताया, जिसने भी किसी की इज्जत लूटी उसे आपने जीवित नहीं छोड़। आपने सिर्फ रिश्वत खोर, ब्याज खोरों आदि दरिन्द्रों को पकड़ा है खून–खराबा भी नहीं किया। अपना हक वसूल कर उसे छोड़ भी दिया कि शायद यह भी इन्सान बनें।"

"कल की बात बताओ," सरदार गम्भीर स्वर में कहा।

"कल भी वही हुआ सरकार जो होता है।"

दरोगा अपने चम्मचों के साथ आया और एक गरीब चरवाहे को पकड़ ले गया और उसे मारकर आपसे मुठभेड़ दिखा दिया यही बात मजिस्ट्रेट ने भी लिखा।

परन्तु आज जब उसी गाँव का ग्रामीण पत्रकार, गाँव से कस्बे की ओर जा रहा था, कि उसे दरोगा एवं सी.ओ. समेत कार में बैठा लिए, परन्तु गाँव वालों एवं उसके घर वालों को अभी तक कोई खबर नहीं।"

सरदार ने कहा, "अच्छा सभी जाकर सो जाओ, आज मैं पहरे पर हूँ," सरदार सोचने लगा, उस नेक इंसान को कैसे बचाऊँ।

सुबह ही सरदार वेश बदल कर कस्बे की ओर चल पड़ा, कस्बे की एक होटल में बैठ चाय का आर्डर दे वह स्थानीय अखबार पढ़ने लगा जिसमें प्रथम पृष्ठ पर छपा था, दस्यु सम्राट, विक्रम सिंह द्वारा एक ग्रामीण पत्रकार की हत्या 'जंगल में शव बरामद' 'पुलिस सक्रिय' वह समझ गया।

'जब अपने ही दुश्मन हो तो किसी का वश नहीं चलता।

ग्राम व पोस्ट, कोबरा, जिला बांदा (उत्तर–प्रदेश)

क्या पाया? क्या खोया?

बेटी के बीमारी की खबर पाकर मा जी ने कितनी मिन्नतें की थीं, हजारों खर्च किया था. ससुराल में जाकर हालात जब तक आंखों से नहीं निहारा चैन नहीं मिली. स्वस्थ्य होते ही घर लाई फिर कहीं भेजा था, मिन्नतें पूरी करने को फिर अगलें महीने बुलाने का बायदा करके।

बहू के बच्चा होना या सो खर्च के भय से उसके मायके भेज दिया था, पहला बच्चा था, परेशानी बहू को बहुत थी फिर भी दिन भर तानो, व्यंग्य–बांणों से बहू के आंखों से दिन रात सावन–भादों बरषते थे।

बहू के मायके से चिटि्ठयां आती अस्पताल में भी तकलीफ, बहू डेटे कोन बताती।

बेटी की मिन्नतें पूरी हो रही थीं शहनाई बजर हीं थी, सोहगिलियां पूजा से निवृत्त हों, जा चुकी थीं, देवी पूजा से आने के बाद प्रसाद वितरण शुरू ही था कि डाकिया आ धमका।

"मां जी आपके बेटे का तार।" डाकिया ने कागज बढ़ाया एक औंरत ने उसे थामकर कहा– "लगता है, बहू के कुछ अच्छा हुआ....." आक्य पूरा नहीं हुआ था कि काम से लीटा लड़का झपटकर तार

फाड़ा–पढ़ते ही वह माथा थामकर बेटगया, बेंहोश होते उसके मुंह से निकला "शोभा......मैं भी आंऊगा तेरे....पास।"

"अकेली लड़की"

असह्य सर्द दिन और रातें, ऊपर से हवा! ठंड इतनी कि, हड्डियों तक को कँपा रही थी। चिनाय का पानी जम गया था। और वही बर्फ पिघल पिघल कर बह रही थी। उसी से टकराकर चलती सर्द हवाएं ठंड को चौगुना कर रही थी।

पंजाब के किसान भी किसानों के हित की लड़ाई में ऐसी ठण्ड खुले में झेल रहे थे।

हरचंद कौर ऐसी ठण्डक नहीं सह सके और वाहे गुरू जी को प्यारे हो गए।

किसान हरचंद कौर का परिवार इस सदमे को बरदास्त करने की क्षमता से बाहर था।

इस सदमे से हरचंद कौर की पत्नी ने भी दम तोड़ दिया।

अभी बची उनकी इकलौती बेटी हरसिमरन कौर किशोरावस्था से जवानी में पैर ही रखा था। उसकी उमर महज अठारह साल ही थी।

जवानी का फूल यौवन, दुख के तुषार में मुरझाया सा लगने लगा था।

इतने बड़े घर में अकेली कली हरसिमरन कौर, आँसुओं का सैलाब लिए, जीने की कोशिश कर रही थी। कभी सोचने लगती, "लानत है सरकारी मुलाजिमों, नेताओं को, जो नहीं समझते उनके दुख दर्द और नहीं मानते हैं। जब किसानों को जो पसंद नहीं है तो फिर उसे वापस क्यों नहीं करते? अपनी जिद पर क्यों अड़े हैं?"

अब तो हरसिमरन के आँसू भी सूखते जा रहे थे। वह भरी जवानी में ही बूढ़ी लगने लगी थी। सुंदर – सुडौल चेहरे पर ग्रहण लग गया था। बड़ी बड़ी मृगी सी आँखों में काली स्याह पड़ गई थी।

वाहे गुरू जी की करनी को कोई नहीं जानता, ऐसा भी बुजुर्ग कहते आए हैं कि, 'जो भगवान बिगाड़ता है वही बनाता है, मगर हरसिमरन के साथ क्या होगा कोई नहीं जानता।

ऐसे दुख में भी शैतान को दया नहीं आती है। अकेली जवान लड़की को देखकर एक दिन भुजंग सिंह की नजर में वह हरसिमरन कौर चढ़ गई।

और एक दिन, दिन दहाडे ही भुजंग हरसिमरन के घर घुस गया। और जबरन उसके साथ मुँह काला करने का प्रयास करने लगा।

अपने दम तक लड़ती हरसिमरन कौर जोर जोर से चीखने चिल्लाने लगी। अकेल

अकेली लड़की और कर भी क्या सकती थी।

तभी हरसिमरन के घर के सामने से गुजरती गली से, गाँव का सबसे सीधा, सुंदर गबरू जवान सरदार संता सिंह निकला।

हरसिमरन कौर की चीख सुनकर बिना कुछ देर किए, संता सिंह उसके अंदर से बंद दरवाजे में जोरदार धक्का मारा, अंदर से बंद कुंडी खुल गई। संता बिना कुछ सोचे फौरन अंदर दाखिल हो गया।

संता को देखते ही भुजंग जल भुन गया। भुजंग को अपनी ताकत का घमंड था। संता सिंह पर वह झपटा।

भुजंग की पकड़ से आजाद हरसिमरन कौर अपने फटे कपड़ों को ठीक करने की कोशिश करने लगी।

बुरी तरह फटे वस्त्रों में वह अपने आपको नहीं छिपा सकी तब अंदर कमरे में दुपट्टा की आड़ करके चली गई। और दूसरे कपड़े पहनने के बाद तुरंत बाहर आ गई।

संता सिंह और भुजंग एक दूसरे पर ताबड़तोड़ हमले कर रहे थे।

वाहे गुरू जी की कृपा, हरसिमरन के हाथ में एक डण्डा आ गया। और हरसिमरन संता से लिपटे भुजंग पर ताबड़तोड़ बरसाने लगी।

एक से दो बहुत होते हैं। भुजंग किसी तरह अपनी जान बचाकर लहूलुहान वहाँ से भाग गया।

संता से हरसिमरन कुछ कह नहीं पा रही थी। और संता ने सिर्फ इतना कहा, "रात हो या दिन, दरवाजे अच्छी तरह से बंद रखा करो!" और संता तेज कदमों से बाहर चला गया।

कुछ तो अपना कर्म खुद बनाते हैं, कुछ का कुदरत और कुछ के कर्म सामाजिक ठेकेदार बनाते हैं।

हरसिमरन कौर का आकर्षण संता की ओर बढ़ने लगा था, अब वह सजना सँवरना शुरू कर दिया था। वह अब जीना चाहती थी। अपना घर, अपनी गृहस्थी बनाना चाह रही थी।

हरसिमरन, संता के लिए बेचैनी महसूस करने लगी थी। वह नहीं जानती क्यों ऐसा हो रहा है। वह उसे देखने के लिए पलकें बिछाए रहती थी। लेकिन संता अपना एहसान उस असहाय पर नहीं जताना चाहता था।

समय फर्राटा मार कर भाग रहा था। भला वह रुकने वाला कहाँ था।

होली

होली का दिन आया और संता सिंह की आवाज सुनकर हरसिमरन रंग लेकर दौड़ पड़ी।

संता ने उसे रोककर कहा कि, "यह रंग किसके लिए है?"

हरसिमरन शरमाकर कहा, "आपके लिए!"

"मेरे लिए क्यों?" अनजान बनता संता ने पूछा।

हरसिमरन ने हिम्मत जुटाया और कहा, "मैं तो जनम जनम तक रंग लगाऊँ, वाहे गुरू जी की कसम खाऊ!"

संता ने धोखा दिया और उसी का रंग उसी के डाल दिया और ठोढ़ी उठाकर कहा, "बहुत पक्का है, मेरी माँ से मिलो!"

हिम्मत और बुद्धि से काम लिया हरसिमरन ने और संता की बहन जो उसकी हमजोली थी उससे अपनी बात कह दिया। और मदद करने की चिरौरी की।

संता की बहन ने माँ और पिता जी से बात करके शादी की तारीख निकलवा लिए और दोनों ओर खुशियों का माहौल था। भला रूप और गुण से भरपूर बहू के लिए कौन नहीं खुश होगा।

वाहे गुरू जी को कुछ और मंजूर था। अकेली, बेटी को सब कुछ करना था और एक दिन गन्ने के खेत में छिपा भुजंग हरसिमरन को खेत में अकेली पाकर उसके साथ दुष्कर्म कर ही डाला, वह कुररी पक्षी की तरह रोती चिल्लाती रही लेकिन कोई उसे बचाने नहीं पहुँचा, आज अगर माँ बाप होते तो वह अकेले खेत में कहाँ जाती!

हरसिमरन मानसिक आघात से पागल हो गई। न जाने उसकी तकदीर में ऐसा मोड़ लिखा था या कोई और जिम्मेदार था।

आज भी वह चीथड़ों में लिपटी गाँव की गलियों में अपने माँ बाप को चिल्लाती फिरती रहती है।

संता को उसकी फिक्र है। और संता से जब कोई पूछता है कि, "यह कौन है?" तो संता की आँखों से आँसू बरबस ही बह चलते हैं।

सतीश "बब्बा"

www.ingramcontent.com/pod-product-compliance
Lightning Source LLC
LaVergne TN
LVHW040445051026
849517LV00002B/769